後宮の黒猫金庫番 三

岡達英茉

富士見L文庫

目次

Koukyu no Kuroneko Kinkoban

第一章　捨て猫は、地方に左遷される

暑い。

夏の湿りけを帯びた風が全身に吹きつけ、汗の滲む顔に後れ毛が貼りつく。

海を渡ってくる風は、かなり生温い。

「早くお昼ご飯を作ってしまわないと。葱油餅が焼ける前に、私が干物になっちゃう」

外に設置された調理場は吹きさらしの炎天下なので、とても暑い。料理にあまり時間をかけたくない。

とはいえ、鉄鍋の底を舐める火は風に躍らされて不安定だ。

餅の焼きむらができないよう、気をつけなければならない。

汗で滑る手で箸を使い、鍋の上の葱油餅をひっくり返す。鍋肌に当たった生地がバチバチと焼ける音を立て、食欲をそそる。

葱が焼ける香ばしい香りに、口元が綻ぶ。

「やっとできたわ。さっさと家の中に入ろう」

焼き上がった葱油餅を鍋から皿の上に滑らせる。

私が育った貧乏蔡家では、葱油餅は昼食の定番だ。第一に安上がりだし、第二にやっぱり安上がりで、そして美味しい。

さっさと食べねばと皿を大事に両手で抱え、家の中に駆け込む。

年季の入った木の床は、気を抜くと踏み抜きそうで怖い。

二間しかない狭い室内だが、日差しを避けられるだけかなりマシで、暑さを凌げる。

木の床に座り込み、皿を一人用の小さな円卓に載せて大口を開け、昼食にありつこうとしたその時。

外から扉が叩かれた。

「黒猫窓際番殿は、ご在宅かな？」

(何よ、今？　よりによって、この瞬間に訪ねてきちゃうの～？)

泣く泣く葱油餅を皿に戻し、玄関扉を開ける。

材料の木材をケチったような、幅の狭い扉を開けた先に姿を現したのは、一人の長身の男だ。

逆光で顔が見えないが、筋骨隆々とした体形と、自信に満ち溢れた声は間違えようがない。

ここ、大雅国の西南の海沿いに位置する海雲州で、この男を知らない者はいない。

男は入り口で仁王立ちになり、小さな一人用の円卓に置かれた皿を一瞥し、両手を腰に当てて言った。

「また葱油餅か？　都の人の食事は質素でいかんなぁ」

「凱さん、急にいらしてどうなさったんですか？」

胡座をかいていたせいで膝下まで捲れ上がっていた裙の裾を、慌てて伸ばして整える。脚を見られたかもしれない、と思うと恥ずかしい。

「凱でいいぞ。羅家で昼食はどうだ？　天下の都・白理からはるばるいらした官吏を、こんなほったて小屋に住まわせて、挙句に焼いた小麦粉のカスを食べさせたと知られれば、我が州の恥になるからな」

失礼な。ほったて小屋は安かったから、私がここを自分で選んで借りている。

手の中の昼食は葱油餅であって、断じて何かのカスではない。

「さぁ、せっかく仕事が休みの日なんだから、家に籠っているのはよくないぞ」

凱が手を伸ばし、私の腕を掴もうと大股で一歩踏み出す。途端に私は彼を止めようと叫んだ。

「そこ、気をつけてください！　床が薄くなって……」

言い終わらないうちに、バキッと大きな音を立てて凱が不用意にも床板を踏み抜く。

「うわっ、なんだこれ。すまんすまん。後で修理に人をやるから、とりあえず飯に行こう」

私の手首を鷲掴みにし、凱が私を家の外へと引っ張っていく。

流石、海雲州を牛耳る羅家の当主は強引だ。

凱は後頭部で一つに纏め上げた茶色く透ける薄い色の髪を靡かせながら、満面の笑みで私を振り返る。

「今日の我が家の昼食は、魚の唐揚げに有頭海老のにんにく炒めだ。鱶鰭入り小籠包もあるぞ」

(なんですって？　すっごく美味しそう……)

日中から随分と豪華なものを食べているようだ。広い屋敷の大きな食卓に並ぶ豪華な料理の数々を、つい想像してしまう。遠慮しようと重かった私の足取りが、料理に心惹かれて途端に軽くなっていく。

通りへ出ると、母親らしき女性と手を繋ぐ少女が、私を見るなり無垢な瞳を丸くさせ、勢いよくこちらを指差す。

「あー！　金瞳の捨て猫窓際番だ！」

「しっ！　聞こえてしまうでしょう？」

母親が血相を変えて、少女の口元を押さえる。

「でもあの人、せんされて、ここに来たんでしょ？」

「せんじゃなくて左遷、ね。都のお城に勤める偉いお役人さんだったのに、大左遷されて海雲州府に来たのよ」

――お母さん、貴女(あなた)の声もバッチリここまで聞こえています。

娘と立ち止まって私を見ながら、コソコソと話す母親の姿に、心の中で突っ込みを入れる。

少女は母親に向かって、白い歯を見せてニカっと笑った。

「都から左遷された捨て猫を、私達の凱様が親切にもお世話してるんだね！」

「こら、そんな正直に言っちゃったら、ダメでしょ！」

(捨て猫ねぇ。黒猫から、まさかそんな風に呼ばれる日が来ようとは)

少し前までは、黒猫金庫番と呼ばれていたはずなのに。

二年前に急に皇帝と戸部尚書(こぶしょうしょ)に一本釣りされ、内務府(ないむ)の官吏となった私。以来、後宮と外朝を往復する日々を送っていたのだが、今は都から片道五日もかかる海に面した海雲州の州府に勤めている。

たしかに、誰が見ても大左遷にしか見えないのだろう。

私が皇城の官吏となった時と同じく、今回もきっかけは思いもよらないものだった。

——ことの発端は、ある妃嬪(ひひん)が注文した一枚の皿だった。

私が主計官となってから、二度目の冬が訪れていた。

内務府の主計官として後宮の収支を管理する私は、午前は外朝である皇城に、午後は後宮の中に設けられた小さな出張所に勤務している。

出張所には大抵、購入して欲しいものを言いにくる妃嬪やその女官達がやってくるのだが、ここ数日は来客もなく、長閑(のどか)な日々が続いていた。

女官達は皆、外朝にある内務府に用事があったのだ。

後宮にいる妃嬪達は、内務府を通して定期的に食器類を注文している。

自分達が日常で茶菓子を食べる際に使ったり、来客がある時に用いるので、注文には彼女達の好みや個性が表れる。

内務府には妃嬪達が注文した食器類が一度に届いたため、それを受け取ろうと数日間にわたって女官達が内務府に殺到していた。待ち侘びた特注の食器がやっと手に入り、披露し合う茶会の支度にでも勤しんでいるのか、妃嬪達も出張所に顔を見せる暇がないのだろう。

そんな中、出張所が開くや否や、女官を引き連れた二人の妃嬪達が久しぶりにやってきたのだ。

「ちょっと、いいかしら？」

澄んだ高い声で私に話しかけてきたのは、修媛の愛琳だ。なぜか両手に木の箱を持っている。小ぶりな唇をやや尖らせ、不機嫌そうに見える。

少し遅れて歩いてきたのは、李充容だ。

絹糸のように艶のある黒髪と、対照的に抜けるような色白の肌が目を引く。華奢な体つきに、優しげな目を縁取る睫毛は長く豊かで、儚げな印象を与える美女だ。

同じ万蘭宮に住む二人は、最近親密にしているようだった。

後宮に入ったのは愛琳の方が後だが、実家が三大名家の一つのため修媛である彼女に、先輩の李充容はいくらか低姿勢で接している。

李充容は妊娠中だからか、ゆったりとした足取りで私の席の向かいまでやってきた。椅子を引いた彼女が腰を下ろす前に、近くにいた陵が座布団を座面に素早く置く。

（流石、気が利くわね！　しまった。同じ女性として恥ずかしながら、気が回らなかったわ……）

私の同僚の陵は長く後宮に仕える宦官だけあって、皇帝の子を身籠る女性に対して、私などより余程気が利くらしい。

膨らんできたお腹では一つ一つの動作も応えるのか、腰を落ち着けた李充容が大きく息を吐き終わった直後。愛琳が机上に置いた木箱を開いた。

「ねぇ、聞いて蔡主計官。昨日内務府から取ってきた、李充容が特注したこのお皿なんだけど、妙なのよ。李充容が頼んだのは、梅の絵入りの烏南磁器なんだけれど」

木箱の中を覗き込む。

皿の縁が波打ち、赤や薄橙色の梅の花が描かれていて、風流だ。葉に至っては葉脈の一本一本まで繊細に表現されている。

「色使いや形も、とても綺麗だと思うのですが。このお皿に、何か問題でも？」

「大問題よ！　名窯・烏南磁器の皿のはずなのに、「烏」の文字の刻印がどこにもないの。本物の烏南磁器なら、全ての商品に必ずついているのに」

話の雲行きが怪しくなってきた。これはまずそうだなと陵と二人で目を合わせる。

烏南磁器は大雅国の中で、最も有名で高級な食器だ。烏南州にある山から取れる磁土が良質で、他の山の土では烏南磁器は作れないという。烏南州の山は長石が豊富で、窯で焼くと長石が溶けて素地そのものが玻璃(はり)のようになるらしい。妃嬪様が好みの、白くて滑らかな食器だ。

妃嬪達の注文した食器類も、大半が烏南磁器だった。

念のため皿を手に取り、慎重にひっくり返して裏に刻印がないかを調べる。

「たしかに、刻印はないですね」

「でしょう？　つまり、内務府は偽物をつかまされたのよ！」

愛琳が確信に満ちた大きな声を出し、隣に座る李充容が驚いたのかビクリと体を震わせる。

「あ、安(あん)修媛、落ち着いてください。まだそうと決まったわけではありませんし」

言い切る愛琳に気後れしたのか、李充容は慌てている。

だが愛琳達の後ろに控えていた李充容の女官、小芳(しょうほう)は一歩分だけ前に進み出て、私に言った。

「偽物の烏南磁器を配布されて、李充容様は衝撃のあまり、朝から食欲が落ちているのです。一体、どうしてくれるのですか！」

「それはもしや、単純に悪阻(つわり)のせいでは？」という疑問を必死に呑(の)み込む。いつも側に侍(はべ)

るお付きの女官というのは、仕える妃嬪と一心同体なのだ。

小芳は李充容のために、怒っているのだろう。小柄な女官だが、大きな黒い瞳と濃い眉に、覇気のある話し方が気の強さを窺わせる。

愛琳が小芳のために大きく頷き、気遣わしげに李充容の肩に触れる。

「陛下のお子を懐妊している李充容に、万が一のことがあったら！」

「製作所に直接注文しているので、偽物の可能性は低そうですが、ただ今回内務府がお配りした食器類は大量でしたので、もしかしたらどなたか別の方がご注文されたものと、取り違えてしまったのかもしれません。もちろん、あってはならないことですけれど……。今、お調べします」

小芳が顎に手を当て、思い出すように斜め上に視線を投げながら呟く。

「言われてみれば、昨日内務府に取りに行った時に対応してくれた宦官は、かなり高齢でした。老眼で文字がちゃんと読めてないのかもしれません」

だとすれば、内務府の失態だ。

内務府に届いた皿の量の多さを考えれば、正直あり得ない間違いとは言い切れない。

季節的にも、梅の模様を注文した妃嬪は他にもいた。

（取り違えたのなら、違う皿を届けられた妃嬪がもう一人いるはずよね。その妃嬪も今頃、おかしいと気づいてどこかの宮で騒ぎ出しているかもしれない……）

これはまずい。騒ぎが倍になりかねない。まだ気づかれていないか、配布が終わっていないと良いのだが。

他に梅の皿を頼んだのは誰だったのか確かめようと、注文票の束を引っ張り出す。陵と二人で冷や汗をかきつつ、それをめくり始めた直後。

出張所の入り口で、聞き馴染みのある高笑いが聞こえた。

真っ赤な襦裙を纏い、簪の先にぶら下がる大きな紅宝石を揺らして中に入ってくるのは、貴妃だ。

堂々たる歩みで、おかしくてたまらないと言った様子で首を傾け、口元を扇子で覆い、いまだクスクスと笑いながら私達の方へと近づいてくる。

後宮に君臨する貴妃の登場に、誰に命じられるわけでもなく、愛琳と李充容が急いで起立し、膝を軽く折って頭を下げた。

陵と私も注文票を放り出し、低頭する。

（どうして貴妃様が、ここに？）

貴妃がこの出張所にわざわざ自分で足を運ぶことは、滅多にない。予想もしない権力者の登場に、室内はシンと静まり返り、緊張で空気が張り詰める。

愛琳達が退いたことによって空いた席には、何食わぬ顔で貴妃が座った。

貴妃は首を傾けて、脇へとどいた愛琳に黒目がちな目を向けた。

「安修媛、貴女は本当にこれが鳥南磁器の偽物だと思ったの？」

「そ、そうですけれど。これは陶器ではありませんもの。磁器を作ることができるのは、鳥南州にある製作所のみです。それに、磁器は叩くと、金属音がしますから」

愛琳が物知り顔をして爪で軽く皿を弾き、音を立てて見せる。だが貴妃は呆れたように肩を竦めた。

「安家の教育もたいしたことないわね。本当に三大名家なのかしら？」

「な、なんですって!?」

実家への侮辱に、愛琳が顔を真っ赤にする。

陵はチラリと私を見た。苦笑するだけで何も言わないが、言いたいことはよく分かる。

──同じ三大名家の一つなのに、私の実家の蔡家については貴妃が触れないのが、おかしかったのだろう。

蔡家は落ちぶれ過ぎていて、話に交ぜてくれる気はないらしい。

貴妃は確信に満ちた、よく通る声で言った。

「人づてでは埒があかないと思ったのよ。よく見なさいな。貴女達が持ってきたこの皿は、

どの烏南磁器より薄く出来ているわ。色も鮮やかで、全体によく艶が出ているでしょう
——玻璃のように透ける輝きがあって」

そうだろうか、と女官達も含めて皆が額をぶつけそうになりながら、木箱の皿を覗き込む。

「何より、色味が違うわ。烏南磁器が純白だとすれば、こちらは穏やかな白色よ」

「言われてみれば、全体的に微(かす)かに乳白色がかっていますね」

陵が大きく首を縦に振る。

よくよく見れば、いつも手にする烏南磁器とは違う気がする。流石(さすが)、貴妃は違いが分かる女だった。

貴妃は素早く扇子を閉じると、その先端で皿を指した。

「これは私が注文した、西加瑠(シーガル)磁器よ」

えっ、と一同が目を丸くして皿から顔を上げた。

(そうだったわ。貴妃様はたしか、烏南磁器じゃなくて西加瑠磁器を頼んだんだった)

李充容がゴクリと喉を鳴らしてから、恐縮しきりの様子で尋ねる。

「西加瑠磁器というのは、最近大雅国でも売られるようになった、西加瑠王国で生産されている磁器のことですよね？」

西加瑠王国はここより遥か西にある、大きな国だ。

貴妃の好みの皿を注文するため、内務府はわざわざ西加瑠王国の商館がある遠い州まで人を派遣し、購入してきたのだった。高くついたが、彼の国の若き王太子と貴妃の娘である公主の縁談が決まっているので、内務府も金庫番の私も、もちろん多少の出費は納得の上だ。

貴妃は尊大な態度で大きく頷いた。

「かつては我が国の烏南磁器が高品質な食器の代名詞として世界を席巻したけれど、周辺諸国では既に、西加瑠磁器にその座を奪われているわ」

貴妃は当然のように皿を木箱ごと取り上げ、大事そうに抱えた。

文句を言おうとしたのか、愛琳が口を開いて言葉を発する前に、スタスタと貴妃の女官の香麗がやってきて、机上に同じ大きさの木箱を置く。

木箱に収められた皿は、薄紅色の梅模様をしていた。

念のため、李充容が皿に手を伸ばしておずおずとひっくり返すと、底には果たせるかな「烏」の刻印があった。

私達は皆、皿の裏を見つめたまましばし沈黙した。

「……烏南磁器ですわ。それでは本来、香麗が持ってきたこの皿が、私の注文したものだったのですね」

「まったく。一体、誰が配ったのやら。内務府の目は、節穴かしら？」

怒気を含んだ貴妃の台詞に、小芳が言ったことを思い出す。

小芳によれば、高齢の宦官に手渡されたとのことだ。

問題が大きくなれば、話が彼の処遇に及ぶかもしれない。

病気や高齢の宦官の行く先は、決して安泰ではない。残酷な事実だが、彼らは使い捨ても同然なのだ。皿一枚で誰かが罰を受けるのは、なんとしても防ぎたい。

（どうにかして、この場で貴妃様の怒りを収めないと……！　ああもう、しかもよりによって、貴妃様のお皿と間違えてしまったなんて、相手が悪過ぎる）

貴妃が威圧感ある鋭い視線で私と陵を睨む中、私達は崩れるように床に膝をつく。勢い余って半歩分ほど、前に滑ってしまう。貴妃にぶつからなくてよかった。

手を顔の前で固く組み、頭を下げる。

「申し訳ございません。私達の責任です。食器の配布期間は出張所をお休みにして、多忙な内務府に午後もいるべきでした」

「よりによって、中書侍郎のご令嬢の皿と間違われるなんて」

貴妃の一言で、更に場の空気が凍りつく。

貴妃の父親は、官僚の頂点にいる門下侍中だ。そして李充容の父親は中書侍郎で、両者は仕事がら日頃から対立しやすく、仲が悪い。

門下省は中書省が作成した詔勅の草案を封駁する権限を持ち、つき返されるたびに中書侍郎は屈辱を味わうらしい。なんでも代々の中書侍郎は、門下侍中の姿が視界に入るだけで胃痛を感じるものなのだとか。

官吏にも派閥があり、門下侍中は改革派なのに対し、中書侍郎が保守派なのも、うまくいかない要因だろう。

外朝の官吏の上下関係は、こうして後宮の妃嬪達の人間関係にも影響を与えている。後宮は本当にややこしい。

親同士が不仲なため李充容は貴妃を避け、代わりに三大名家の出身である愛琳と行動を共にすることが多いのだ。

「その珍妙な披帛は、最近の流行りなのかしら？　万蘭宮の者達が揃いも揃って、肩に掛けているのを見るけれど」

どうやら貴妃の焦点は皿から、李充容の身につけている披帛に移ったらしい。

披帛は肩や腕にゆったりと掛ける長い織物だが、優雅に見せるために柔らかな生地でできていることが多い。

だが李充容はハリのある亜麻でできたやや短い生地を使い、代わりに両端には長い絹製の組紐を垂らしていた。これはこれで風に舞う組紐がキラキラと反射して美しいし、素敵だと思うのだが、貴妃は気に食わないようだ。

愛琳が李充容を庇う。

「李充容はお洒落なんです。今では、李充容が万蘭宮の妃嬪達の流行の発信者と言っても、過言ではありませんもの」

「そうね。持っていると子宝に恵まれる、なんていう尾ひれをつけて、妙なものを流行らせるのが得意なようね」

貴妃が嫌みを込めて見下ろすと、李充容は恥ずかしそうに俯き、目を瞬かせた。

（珍しく、貴妃様が嫉妬を見せているわ。皇子様も公主様もいる貴妃様だけれど、やっぱりご懐妊は羨ましいのね）

妃嬪達にとって、皇帝の子を持てるかどうかは大問題だ。特に皇子を産んだ場合は、後宮での地位や立場が、大きく変わる。長く寵愛を受けていた淑妃が失脚し、今は誰もが「次に陛下の一番になれるのは誰か」を巡って競い合っている。子どもが好きの皇帝は、子を持つ妃嬪を大事にすることで有名でもあるのだ。

幸運なる李充容のようになりたいと思う妃嬪達は、彼女が使っている物を真似して、あやかりたいと思っているのだろう。

李充容愛用のお香や髪飾り、果ては屑入れまで。妃嬪達の、藁にも縋りたい気持ちが伝わる。

そしていつの間にか、それらには「子宝に効く」という尾ひれがついている。日頃は高級志向の妃嬪達だけれど、子宝の前にはそんなこだわりもかなぐり捨てるのか、李充容が身につける物は何でも欲しがって内務府に注文が入るので、実は少々迷惑している……。

本人の前では流石に言えないけれど。

貴妃は釘を刺すかのように、言い募った。

「いいこと？　流行を作るのは勝手だけれど、それが結果的に風紀を乱したり、陛下にご迷惑をかけるような事態を招くのなら、私は貴女を放っては置かないわよ」

李充容は脅しのような文句に更に顔を引き攣らせ「承知しております」と言ったものの、服従の意を示そうにも、これ以上は低頭しようがない。お腹が大きいので、頭を下げるにも限界があるのだ。代わりに周囲にいる私や愛琳達が、より深く頭を下げる。

皆、貴妃が具体的に何に怒っているのかを、よく分かっていた。李充容が気に入っていた愛らしい赤い耳飾りが流行した時期があったのだが、真似しようと血赤珊瑚の耳飾りを皇帝にねだった妃嬪がいたのだ。だが血赤珊瑚だけは皇帝にせがんではいけなかった。なぜなら、昨年皇帝の寵愛を受けて妃嬪になった挙句に、井戸で殺人未遂騒ぎを起こし、後宮から放逐された女性――瑶のことを、皇帝に思い出させるからだ。

皇帝が瑶に下賜した腕輪が血赤珊瑚と翡翠で出来たものだったのは、記憶に新しい。

貴妃の衣擦れの音に顔を上げると、彼女はもう李充容を見ていなかった。鋭い眼差しは代わりに、小芳へと向けられている。

壁際でこちらの様子を窺っていただけなのに、どうやら貴妃の怒りの矛先が自分に移ったらしいと察した小芳が、恐怖で身を震わせる。

今度は何だろうと、こちらまで肝が冷える。

貴妃はふぅっと溜め息をついた。

「近頃は女官達も装いが派手になってきているわね。嘆かわしいこと。私が後宮に来た頃は、そんなに目立つ簪を髪に挿している女官なんて、一人もいなかったけれど」

小芳は髪に赤い椿の花を模した簪を挿していた。気の毒にも、壁と一体化したかのように硬直している。

風紀の乱れを嘆くかのように首を左右に振り、貴妃が席を立つ。

取り返した西加瑠磁器の皿を両手にしっかりと持ったまま、足音一つ立てずに優雅に去っていく。

貴妃が香麗と共に出ていくなり、残された私達は皆、肩の力が抜けて静かに息を吐いた。

「びっくりしたわ。まさか、貴妃様のお皿だったなんて。安修媛様、李充容様。お二方には、本当にご迷惑をお掛けしました」

再度詫びるが、愛琳はヒラヒラと片手を顔の前で振った。

「いいのよ、貴女が謝る必要なんてないわ。蔡主計官のせいじゃないもの」

そこへズリズリと膝で床を擦り、小芳が愛琳と李充容の前に進み出る。

貴妃の余計な注目を集めてしまった簪を髪から抜き、胸の前で握りしめる。

「身の程をわきまえず、目立つ装飾品をつけてしまったようで、お恥ずかしいです」

気の毒なほど怯えていて、顔が真っ白だ。貴妃が持ってきた烏南磁器の皿より、白いのではないか。

宥めようと、微笑みかける。

「椿の花びらが何枚も重なっていて、素敵な簪ね」

「あ、ありがとう存じます。決して、お叱りを受けるような高価なものではないんです！絹製ではありませんし。派手に見えるようでしたら、もう使いません」

「多分、花の部分が大きいから、目立って見えるんだと思うわ。もう貴妃様の前ではつけない方が身のためよ」

愛琳の助言を受けた小芳が項垂れ、簪を自分の腰帯の中にしまい込む。落ち込んでいるので、なんとか慰めてやりたい。

「そういう生地でできた簪を見ると、実家の店を思い出すわ。懐かしいわ。うちの店でも簪をたくさん、扱っているの」

「――蔡主計官のご実家は、たしか織物店を経営されているんですよね？」

「そうなの。都の桃下通りにある、蔡織物店よ！　宣伝するわけじゃないけれど、今度よかったらぜひうちの店を覗きに来て！」

「は、はい。機会があれば、ぜひ行ってみます」

「蔡主計官！　ここで商売しないで頂戴。貴女のいるべき場所は、蔡織物店じゃなくて、内務府なんだから」

蔡織物店に焼き餅でも焼いたのか、愛琳が可愛らしく頰を膨らませて文句を言う。

李充容は貴妃が置いていった皿を手に、やや気落ちした様子だった。

(自分が注文したものがやっと手に入ったのに、あまり嬉しそうじゃないわ。――でも、ちょっと残念に思う気持ちは分かるかもしれない)

これが元々李充容が注文したものなのだが、西加瑠製の磁器の方が、素人目に見ても出来がよく見えたのだ。

皿の取り違え事件があった翌日。

いつものように内務府に出勤した私を待ち受けていたのは、意外な人物だった。

広い内務府の殿舎にある私の席に、なぜか戸部尚書が座っている。

見間違いかと思って、何度か瞬きをするも、確かに私の席に腰掛けているのは、柏尚書だ。

（どうしてここに？ 明らかに浮いているし……）

隣の席にいる陵と二人で、何やら楽しげに会話を弾ませている。私の机上に置かれた紙束を左手で持ち上げ、それについて話しているらしい。

内務府に柏尚書がいることが異様で、居合わせた官吏達も、ギョッとしたように彼を二度見している。

殿舎の入り口で棒立ちになる私と、席に着いている柏尚書を交互に見て、色めきたってヒソヒソと話している宦官達もいる。

柏尚書は私が登城したことに気づき、紙束を持ったまま立ち上がり、爽やかな笑顔のままこちらへ歩いてきた。

「おはよう、蔡主計官。勝手に席を借りて申し訳ない」

「柏尚書、なんで内務府の中にいらっしゃるんですか……？」

「外で待っていたんだけれど、私に気づいた陵が気を利かせてくれて。中で待つよう提案してくれたんだ」

陵には別の方向に気を利かせてほしかった。

「と、とにかく……、とりあえず外に出ましょう」

内務府にいる職員全員の視線を感じながら、柏尚書の背中を押して急いで殿舎の外へと連れていく。

階を駆け下りて石畳の上に両足が着くと、柏尚書に苦情を言う。

「皆が私と柏尚書を見ていましたよ。コソコソと私達の話をしている様子でしたし」

「なぜかな」

「なぜって、去年の夏に柏尚書が妃嬪達に向かって、私が貴方の婚約者だなんて宣言したからですよ！　二人でいると、変に噂されてしまうんです。お互い、困るじゃないですか」

「私は特に困らないが」

こちらは凄く焦ってしばらく人目のない所に隠れていたい心境なのに、柏尚書は拍子抜けするほど動じていない。

私が一人でジタバタしていて、かえって恥ずかしくなってくる。

柏尚書が私を宥めるような穏やかな口調で言う。

「ここのところ、出張で白理を出ていたんだ。十日ぶりだから、つい朝一番に内務府に寄ってしまったよ」

最近皇城の中で見かけないと思ったら、都にすらいなかったとは。

そんなに長く出張に出掛けていたなんて、知らなかった。てっきり余程仕事に追われているのかと思っていた。

(遠くに出張に行くのなら、行く前に教えてもらいたかったな)

私には特に言っておく必要がない、と思われたようだ。

地味に傷ついていると、柏尚書が私の左手をサッと取った。物言いたげに目をしっかりと合わせたまま、私の掌に何か硬いものを押し付けてくる。

「お土産だよ。こっそり渡したくてね」

柏尚書の手が離れる前に、素速く押しつけられた物体を左手で握る。何を渡されたのだろう。

掌を上に向け、ゆっくりと開く。

柏尚書がくれたのは、陶器と紐で出来た腕輪だった。

滑らかな紫色の組紐に、薄紅色の蓮の花と緑色の葉が描かれた親指の長さほどの白地の陶器の筒と、玻璃の球が通されている。

(可愛い……。陶器の腕輪なんて、珍しい)

私のためにお土産を買ってきてくれるなんて。さっきまでのモヤモヤしていた気持ちが、嘘のように晴れていく。私も現金なものだ。でも柏尚書が都を離れても私のことを考えて、お土産を選んでくれたということなのだから、これはこれで嬉しい。

「ありがとうございます。思ってもいなかったので、すごく嬉しいです。お忙しいのに、わざわざすみません。どちらに行かれていたんですか？」

「実は烏南州に行っていたんだ」

(烏南州！　柏尚書にとっても私にとっても、色々と因縁の土地じゃないの)

貴妃と李充容の皿事件を思い出し、腕輪の陶製飾りに指先で触れる。

磁器の産地として有名なだけでなく、何と言っても烏南州といえば、かつて処刑された楊皇后の出身地であり、その一族の楊家が権勢をほしいままにした州だ。そして彼女を処刑した将軍は、柏尚書の祖父である。

「烏南州の州府と、磁器製作所に行っていたんだ。有望な産業を支えるために、烏南州の磁器製作所には多額の助成金を毎年支給しているんだが、近年烏南磁器の質の低下が著しくてね。何か問題が起きているのか、現状を探りにいったんだよ」

貴妃と李充容の皿事件が脳裏に蘇る。特に、自分の烏南磁器を見下ろす李充容の気落ちした様子が。

「質の低下、ですか。確かに烏南磁器は以前ほどの勢いがないですよね。経営がうまくいってないのでしょうか」

「そうとも言える。磁器製作所は独自の伝統技術を引き継ぎながらも、時代に合わせて変えていくのに苦労している様子だったよ」

「長い歴史を持つことは大きな長所に思えますけど、短所にもなりえるんですね」

「何しろ磁器の原料と作り方は門外不出だからね。なかなか人も増やせないらしい。烏南磁器は技術の秘匿のために、人材管理をかなり徹底してるんだ」

「徹底と言いますと、雇う時に身辺調査でもするんでしょうか？」

「雇う時だけでなく、たとえ長年雇用している従業員でも、不審な動きがあれば即刻解雇するそうだ」

「厳しく対処されているんですね」

大雅国では唯一の磁器製作所だけれど、それはそれで技の漏洩という、特有の悩みがあるようだ。

私は軽く相槌を打ったが、柏尚書は浮かない様子で声を落とした。

「少し前にも、製作所の掃除人に犯罪者の親戚がいることが分かって、解雇したんだとか……」

柏尚書は言うべきか迷ったのか、一旦言葉を切って視線をさまよわせた。

「――製作所長がいうには……、その掃除人は楊皇后の姪であることが発覚したから、解雇したらしい」

楊皇后の名を耳にするのは、いつ以来だろう。流石は鳥南州というべきか。

「たしかに楊皇后は処刑されましたから、犯罪者といえばそうなるのでしょうか。楊皇后の親族って、まだ鳥南州に住んでいるんですね」

「いや、不当に貯めた財産を国に没収されて、散り散りになったはずだ。ただ、その姪は子どもの頃に養女に出されていて、雇う前は楊家の出身だと誰も気づかなかったそうだよ」

解雇された姪からすれば、とんだとばっちりだっただろう。規則は規則なのだろうし、実際のところはどんな人物なのか分からないけれど。

「もしかして烏南磁器製作所に、助成金を増やすことになったんですか？」

「いやそれが逆に、増やす必要はない、ということが分かったよ」

「と仰いますと？」

「今回の出張の一番の成果は、磁器製作所のための助成金を州刺史が横領していたことが分かったことなんだ」

「助成金を掠め取るとは、なんとも図々しいお話ですね」

州刺史とは、州の役所の長官のことだ。大雅国では通常、中央の官吏が命じられて、数年ごとの人事異動で各州に派遣される。州から州へ異動を繰り返し、なかなか中央に戻って来られない州刺史も多い。

「今後は助成金が全額製作所に渡るから、なんとか持ち直してくれるだろう。けしからんことに烏南州では長年続いていた不正で、もともとは海雲州から異動してきた州刺史が始めたようなんだ」

すると柏尚書はそれまでずっと左手に持ったままだった紙束を、私の方に向けた。

「で、君の机に置かれていたこれが、つい気になってしまってね」

柏尚書が持っているのは、買い物の割引券だ。一枚で十点まで、全商品二割引になるという、優れものである。しかも十五枚ももらったので、大量に割引が適用されることになる。

「これは羅商会の特別優待割引券だね？　羅商会が白理にも支店を持っているとは、知らなかったよ。たしかこの商会の本拠地は、海雲州のはずだ」

柏尚書は烏南州に不正の習慣を持ち込んだ海雲州のことが、今度は気になるらしい。

「私は今まで羅商会を知らなかったんですけど、船来物の珍しい商品をたくさん取り扱っているらしいんです。今度白理支店に下見に行って、商品が良さそうであれば内務府での購入を検討しようと思っていまして」

「一体、どこでこの割引券を？」

「最近内務府の職員が、貴妃様の磁器を買いつけに海雲州に行ってきたんです。西加瑠王国の商館が唯一、そこにあるので」

商館とは、一言でいえば外国商人の営業所のことだ。

大雅国では州府の許可を得ないと他国と貿易ができない。一般の買い物客は、許可を得た商会が輸入する商品を今までは購入していたのだが、最近できた西加瑠王国の商館はその潮目を変えた。商館の交易船は海雲州の港にやってきて、商館に併設されている倉庫に直接貨物が運び込まれるから、商館に行けば西加瑠王国の商品を一度にたくさん、確実に購入することができる。

「その時についでに羅商会も覗（のぞ）いてきたのか」

「はい。貴妃様の皿は西加瑠王国の商館で買い付けましたが、羅商会は白理でこそまだ有名ではないものの、海雲州では老舗にして最大の商会らしいんです。海雲州では羅商会の傘下に入らなければ商売ができない、と言われるほど巨大な組織なのだとか。海雲州に滞在中に、現地の羅商会の人に強烈に営業されまして、割引券を手に入れた次第です」

内務府に注文してもらえれば、大口の取引となる。羅商会としては、白理支店の売り上げを一気に伸ばす絶好の機会だと思ったのだろう。

事前に予約をすれば、店員が商品について細かく説明をしてくれるとのことだったので、訪問日も先方に伝えてある。

「丁度いい。羅商会の白理支店に行くのであれば、私も連れて行ってくれないか？　海雲州は昔から、色々とキナ臭い噂が絶えないところだから、できれば情報収集をしたいと思っていてね」

「何か問題がある州なんですか？」　私は海沿いの豊かな場所、としか認識していなかったんですが」

「一言で言うなら、大雅国の一部であって、そうでないような雰囲気があるんだよ」

詳しくは分からないが、厄介な州なのだろう。

こちらは完全に買い物の下見気分でしかなかったので、急な提案に身構えてしまう。もちろん、断る理由もないのだけれど。

「いいですよ。でもお店では、戸部尚書だと名乗らないでくださいね。まだ買うか決めていないのに、羅商会の方を変に期待させてしまうといけませんので」

「分かっている。単に内務府の柏だと名乗って、君の後ろで付き人らしく大人しく小さくしているよ」

柏尚書はそう言って胸を張ったが、正直あまり期待できなそうだ。どう考えても、立っているだけで彼の方が私より目立つのだから。

私は柏尚書の手の中の割引券の表面に、大きく書かれている「二割引き」の文字を見つめて、言った。

「その割引券の二の文字って、一本線を足して三にしたらバレますかね？　頑張れば五にも変えられそうですよね」

返事が返って来ないので見上げると、柏尚書は青ざめて絶句していた。どうやら引かれてしまったみたいだ。

「ただの冗談なのに、どうして黙っちゃうんですか」

「君が言うと、本気なのか判断に迷うんだ」

ばつが悪そうに視線を泳がせた後で、柏尚書は割引券を私に返した。

三日後、私は割引券を後生大事に握りしめ、柏尚書と一緒に白理のはずれにある羅商会の扉を叩(たた)いた。

私達に対応してくれたのは、いかにも営業が得意そうな、ハキハキとした話し方をする中年の女性だった。目鼻立ちが大層整っている上に、かなり濃い化粧をしているので、饒舌(じょうぜつ)に商品を推されるとなかなかの圧を感じる。気を強く持たなければ。

「内務府からお偉いお役人様がいらっしゃるから、くれぐれも粗相なくお迎えするよう、海雲州の本店から連絡を受けております！」

これ以上の笑顔はこの世に存在しないだろう、というほどの満面の笑みで女性店員が柏尚書に話しかける。

「内務府では近年、取引相手を固定せず、品質と価格次第で納入していただく商店を変えております。羅商会さんとは今まで契約を交わしたことがございませんでしたので、ぜひ色々拝見したいと思っています」

頑張って柏尚書と女性職員の間に割り込んで話しかけるも、彼女は私に冷たい視線を寄越した。

「お越しいただき、ありがとうございます」

私に対する簡潔すぎる相槌を打ち終えるや否や、女性店員は柏尚書に焦点を戻す。

「さあ、柏様。奥の商品からご案内致しますわ。どれも船で買い付けた商品でして、白理どころか大雅国ではうちの店しか取り扱っておりませんの」

大方予想できていたことだが、付き人だと思われたのはどうやら私の方らしい。女性店員が柔らかな物腰で、柏尚書を店舗の奥まで案内する。

店内は白理の中心部にあるような店と比較するとかなり広く、仕切りのない空間に木ではなく石の柱が林立していた。建物の柱として機能しているのか、ただの装飾なのかは分からないが、どの柱も優美な彫刻がされていて、見応えがある。商品の家具や小物がゆとりのある店内にさりげなく置かれていて、実際の窓まで一つ一つの形が違うことから、売り物なのかもしれない。

女性店員は天井からぶら下がる銀色の灯籠を指差し「ご覧くださいませ。西の砂漠の国々の灯籠ですわ」と説明を始める。商売っけに爛々と輝く目は、柏尚書しか見ていない。

青や赤色の玻璃が表面に張られた銀の灯籠は美しく、きっと明かりを灯したら色のついた光が漏れて、室内を幻想的な空間に変えてくれそうだ。

(でも、高い。白理の中では辺鄙な地区に店がある割に、思ったより値段設定が強気だわ……）

灯籠の端からぶら下がる値札を見て、私の購入意欲がくじかれてしまう。内務府から後生大事に割引券を握りしめてきた手が、震える。

「あの、こちらの店舗で売られる商品と、本店のある海雲州の価格設定は同じなのでしょうか？」

思い切って尋ねてみると、女性店員は申し訳程度の笑みだけ残し、無感情な瞳を私に向けた。私は柏尚書のお使いで何の権限もないとでも決めつけているのか、姿勢の切り替えが見事だ。態度に随分な温度差があって、切ない。

「いいえ。ここまで運ぶのに諸経費がかかりますので、都で扱っている商品の方が少し値が張りますわ。ですので、今回は海雲州での価格と同程度でお買い求めいただけるよう、割引券を差し上げた次第でございます」

なんだか、お得なのかよく分からなくなってきた。

女性店員が饒舌にお薦め商品の説明を柏尚書にする中、私は店内を見渡した。

私達以外の来店客は子連れの夫婦だけで、パッと見たかぎり店員の方が多そうだ。あまり繁盛してそうにない。

柏尚書も同じことを思ったのか、女性店員に尋ねる。

「失礼ながらこちらの店舗の存在を知らなかったのですが、海雲州では知らぬ者がいないくらい、有名な商会らしいですね」

「ええ、当店は白理では第一号店でございまして、都では知名度もまだまだですけれども、あちらでは随一の規模を誇る商会なんです」

声の調子まで私に向かって話す時よりも愛想がいい。相手の地位の上下によって態度を露骨に変えているようだ。内務府の主計官としては、購買意欲が更に落ちていく。

「ですから先日、内務府の方が海雲州にいらした時に、弊商会でお買い求めいただけなかったことを、皆大変残念に感じた次第でございます。西加瑠王国の商館より、目利きの確かさには自信がございますわ。異国の者達は、よく言えば商魂がたくまし過ぎますから」

つまり羅商会と違って西加瑠王国の商館は、質の悪い物を高値で売っていると言いたいのだろうか。

(羅商会にとって、新しくできた西加瑠王国の商館は、商売敵というわけね。口調は穏やかだけれど、内心は穏やかではないみたい。どこの州だろうと、商売は大変ね)

余程羅商会の一員であることを誇りに思っているのか、女性店員がいかに羅商会が海雲州では認められた存在であるかをとうとうと話す中、どこからともなく楽器の音が聞こえてきた。

キョロキョロと首を動かし、音が聞こえる方角を確認する。

「なんだか音楽が聞こえますね。誰かが外で笛を吹いているんでしょうか？」

私が柏尚書と顔を見合わせる横で、女性店員が感激したように目を大きく見開き、両手を胸の前で合わせる。彼女は急に店の入り口にいそいそと向かいながら、興奮気味に頰を紅潮させた。

「間に合ってようございました。あの笛は——羅商会の会長が到着したものと思われます」

「会長？」と私と柏尚書が同時に聞き返す。

「羅商会の会長の羅凱にございます。普段は海雲州におりまして、滅多に白理には来ないのですが、内務府の方がいらっしゃるので今日こちらに来る予定だと連絡を受けております」

女性店員が店の扉を大きく開く。飛び込んできた光景に私と柏尚書が絶句する中、彼女が至極嬉しそうに言う。

「ご紹介致します。赤色の袍を着ている者が、我が商会を率いる羅会長です」

「あ、あ〜、アレが」

しまった、人をアレ呼ばわりしてしまった。でも目の前の光景が非現実的すぎて、うまく呑み込めない。

店の前を、やたら賑やかな集団が歩いてきているのだ。

若い二人の美女が道端に深紅の花びらを撒き、そうして出来た儚い道の上を、派手な赤い衣に身を包んだ背の高い、若い男が歩いてくる。まるで船乗りのような分厚い胸板と堂々たる足取りで、全身から自信がみなぎっている。

(あの人が、羅凱なの？　驚いたわ。会長という割に若いし……、凄く変わってる)

年齢は二十代後半くらいだろうか。

健康的によく焼けた浅黒い肌と、幅広の二重にやや垂れ気味の大きな目が、甘い印象を与える。柔らかそうに緩くうねる茶色の長い髪は後ろの低い位置で一つにまとめられ、風に靡いている。風すらも演出道具にしているようだ。

やっていることと衣装が派手なだけでなく、顔立ちも美男の部類に入るため、更に人目を引く。

その上、凱を囲むように両端にいる四人の男達は、笙を吹き鳴らしながら歩いていた。

笙は細長い竹の管を縦に並べて取り付けた楽器で、高さの異なる音を一度に鳴らすことができるために、四人の演奏はその倍以上の人達による演奏にも聞こえ、とんでもなく賑やかだ。

来た時はあまり人の往来のない通りだったのに、流石にこの賑やかさで人が集まってきた。

凱率いる一行の最後尾には十歳くらいの美少女がおり、籠から何やら紙片を取り出して群衆に配りだしている。美少女の愛らしい声が私の耳に届く。

「羅商会白理支店の、割引券をお配りしていまーす！」

なんと、割引券を配布しているらしい。私の持っているものと、どちらがお得だろう。

割引券を握りしめた人々が、花の蜜に吸い寄せられた蜂のように、凱一行のあとをつけて一緒に店に入ってくる。

（凄いものを見たわ。好奇心と惰性を利用した、なんて見事な客引きなの）

蔡織物店でも参考にしたい……と考えかけたものの、肝心の花弁の上を歩く役を務める勇気のある者が、多分いない。

入って来た客は、店員がてきぱきと相手をし始めた。会長の度を越して華々しい登場の仕方に、店員達が一切狼狽した様子がないのも驚きだ。きっと、海雲州でも普段からこんな感じの存在なのだろう。

凱は客の相手をするつもりは一切ないらしく、私達の前を素通りしかけたが、そこへ女性店員がすぐに声をかける。

「会長、こちらのお客様が内務府からいらした方々です。柏様と、ええと……」

どうやら私の名前は早々に忘れたらしい。仕方なく、私が続ける。

「内務府で主計官をしております、蔡月花です」

女性店員は驚いたのか、目玉が転がり落ちそうなほど目を見開いた。

「そ、そちらの方が、主計官様だったので⁉」

凱が私と柏尚書を交互に見た後で、私に向かって口を開く。

「初めまして。ようこそいらっしゃいました。羅商会を率いる羅凱と申します。普段は海雲州におりますが、内務府の高官が来店されるとのことで、都に参じた次第です。まさかこんなに可愛らしい女性がいらっしゃるとは」

「私も会長がとてもお若くて、しかもお一人でたくさんのお客さんを連れていらして、びっくりしています」

心から素直な気持ちを伝えると、凱は社交的な笑みを披露した。そのまま流れるような仕草で左腕を伸ばして私の背に触れ、右手で店内の商品を指し示す。

「当店の商品はほとんどをこの目で確認し、直接買い付けてきたものばかりです。主計官殿に、ぜひ自慢の商品を紹介させてください」

凱が私を先導して、店内を歩き出す。彼はまず、壁に立てかけてあった大きな白い布の傘を手に取った。

「こちらの日傘は、日差しの強い南部で流行しているものです。極細の糸で織られた生地を使っていて、軽いのに風は通すので涼しいんです。妃嬪様方も、きっとお気に召すかと思います」

織物店を実家が経営する商売がら、日傘の生地が気になってしまい、そっと触れて織り目を見る。凱は私が見やすいように、日傘を素早く持ち変えてくれた。

なんとなく、彼の動作の一つ一つが滑らかで自然で、女性の相手をすることに慣れと余裕を感じさせる。

（きっと、海雲州では幅を利かせていて、女の人に凄くモテるんじゃないかしら……）

凱のこなれた仕草に関心しきりだ。

柏尚書は私や凱とは距離を保って、一人で店内を回り始めた。時折気になって彼の様子を確認すると、彼はチラチラとこちらに視線を寄越していた。商品を見るでもなく、彼は凱を観察しているようだ。凱が個性的な人物だから注目しているのではない。多分、先日の鳥南州への出張で浮上した海雲州のことも含めて、彼の言動が気になるのだろう。

店内には先ほど外で撒かれた花弁がちらほらと落ちていたが、なんと籠から滑り出たと思しき割引券まで床に数枚、落ちていた。

「あんなところに、貴重な割引券が！」

よし。もらっておこう。見つけてしまったからには、自然と体が動いてしまう。ご自慢の商品の解説をしている凱から離れ、割引券のもとへ素早く駆け付け、とりあえず一枚を拾う。

（こっちは何割引だったのかしら？）

いそいそとひっくり返し、表面の字を目視する。

「三割引き？　こっちのほうがちょっとお得なのね」

床に散らばる残りの割引券を、我先にと拾い集める。ここの商品を買うかはまだ分からないが、割引と名の付く物は、確保しておくに越したことはない。

使わないならばそれはそれで、裏が白紙の紙なので纏めて綴じれば仕事でちょっとした記録帳としても使える。

「やったわ。六枚も拾っちゃった！」

頬が緩んで仕方がない。

してやったりと胸に抱えて頭を起こした直後、凱と目が合った。異様なものでも目撃したとでも言いたげに、気まずそうに顔を引きつらせている。

（そ、そんなに変なことしたかしら？　街中で花弁を撒きながら歩くよりは、大したことをしていないと思うのだけど……！）

凱は気を取り直すかのように咳払(せきばら)いをしてから、私の前までやってきた。

「蔡主計官殿は、こちらの意表を突かれるのがお上手なようですね」

視界の端では、柏尚書はなぜか壁を向いて背中を震わせている。あれは絶対に私を笑っているのだ。

今日の来店では話を聞くだけに終わり、内務府からは具体的な注文などの話を出さなかった。親切に案内をしてもらって申し訳ないが、情だけで仕事をするわけにもいかない。

女性店員は目に見えて落胆していたものの、凱は終始機嫌良さそうに接してくれた。店の扉の前でお辞儀をした彼は、私が店内から出ようとする寸前、私の腕をそっと押さえて引き留めた。

「内務府の方々とお知り合いになれただけで、光栄でした。以後、ぜひお見知り置きを」

「はい。こちらこそ、今日は有意義な時間をありがとうございました。また、お会いしましょう」

私はほとんど社交辞令のつもりでそう言った。

だがまさか、本当にこの後予想もしない場所で、そして立場の逆転した形で、凱と再会することになるとは、思ってもいなかった。

第二章　皇子の誕生と、妃嬪の死

柏尚書と羅商会を訪ねた翌日。

私が内務府に出勤すると、陵はいつものように私の机の上に座り、待ってましたとばかりに切り出した。

「いやー、今日は後宮に向かう前に、絶対に僕の話を聞いておいた方がいいよ。多分、話を聞いたら後宮に行くのが嫌になっちゃうと思うけどね。月花が留守にしていた昨日、とんでもないことが起きたんだよ。妃嬪達のお茶会で、大乱闘があったんだ」

家から持ってきた文箱や水筒を机上に置いた私は、はたと陵を見上げた。

「大乱闘って何？　まさか妃嬪様達が、摑み合い・殴り合いの大喧嘩でもしたの？」

陵は下がり気味な眉を更に急角度に下げ、情けない声を出した。

「殴り合いはなかったけど。まぁ、ほとんどその状況だったよ。貴妃が主催したお茶会で、李充容が貧血を起こしてフラついたんだよね。で、ぶつかっちゃった相手が大きなお盆を抱えた香麗でさ。お盆の上には何が載っていたと思う？」

分かるわけがない。

「そうね。熱々のお茶の入った、十を超える茶杯かしら？」

「それの方がマシだったかもしれない。お盆には、貴妃が茶会の一番の目玉として時間をかけて作らせていた、杏仁（あんにん）の粉と砂糖を混ぜた装飾品が載ってたんだ。龍と鳳凰（ほうおう）を模（かたど）らせた美しく尊い、特大の像だよ」

そこから先は、想像するだけで恐ろしい。

陵は身振り手振りを交えて、まるで身の毛もよだつ怪談をするかのように、目を見開いて恐ろしい形相で続けた。

「お盆から倒れた特大の装飾品は、妃嬪達が飲み食いしている大きな机の上に落ちたんだ。ガシャーン、ガラガラのキャーッ！　だよ。像は貴妃が特に力を入れて作らせたのに、雪のように粉々に砕けて、妃嬪達を真っ白にして散ったよ」

「そこだけ、随分面白おかしく話すのね」

瞬間的に歯を見せて笑っていた陵は、速やかに口角を下げて取り繕った。

「あ、バレた？　いやいや、冗談は置いといて。貴妃はご自慢の西加瑠（シーガル）磁器のように白くなって、誰もが凍りついて静まり返ったよ。そんな中で李充容の女官の小芳（しょうほう）は、妃嬪達の状況は完全に無視して、転倒しかけた李充容の体を心配して『お腹（なか）の御子が！　陛下の御子がっ！』と騒ぐし」

ただでさえ李充容の懐妊を妬ましく思っている妃嬪達も多いだろうに、火に油を注ぐ発言だ。空気が一気に凍りついたことだろう。想像するだけで、ぞくりと体が震える。

「小芳は李充容のことになると、加減が利かないのよね」

「聞いた話じゃ、小芳はもう親兄弟もいないらしいからね。李充容のことを、姉か母親みたいに慕っているんだよ。まぁ、とにかく現場は悲惨な状況に陥ったんだよ」

「地獄絵図ね」

「いやいや、こんなのはまだ、序の口だったよ。本当の地獄は、その後やってきたんだ。散った甘い像の欠片(かけら)を目当てに、大量の鳩(はと)や鴉(からす)が飛んできたんだよ。雀(すずめ)もいたね。貴妃はあくまでも菓子ではなく飾りとして作らせたけれど、小さく散ってしまえば鳥には美味(おい)しい餌さ。鳥達は机の上から、妃嬪の足元まで群がったよ。それに驚いた女官が茶器を机に落として、また大惨事さ」

想像するに余りある。

ここまで語ると、陵は急に声を落とした。真顔に戻ると、大事なのはここからだとばかりに私に耳打ちする。

「この騒ぎをお耳にされた後で、陛下は誰を呼ばれて、お叱りになったと思う？」

よくよく見れば、内務府の中もいつもより静かで、空気が張り詰めている。後宮の中の空気の悪さが、こちらにまで伝染したのだろう。

陵の話を聞きながら、彼が見たであろう光景を頭の中で想像していたけれど、巻き戻して気になるのは、香麗が運んでいた像とやらだ。

大雅国では龍は皇帝を、鳳凰は皇后を象徴している。厳格な皇帝は、恐らく不用心にも脆い材料で神獣を作らせた、貴妃に非があると考えた。

「陛下に叱られたのは、貴妃だったんでしょう？　そしてそれが、一層李充容と貴妃の対立を深めた」

「ご名答」と陵は厳かな声で答え、大きく頷いた。

そもそも貴妃は以前から、李充容を快く思っていなかった。もちろん原因は、皇帝の寵愛を巡るただの嫉妬からではない。

李充容は体が弱い方で、懐妊前から貴妃のお茶会を急に欠席することがあった。

だがその割には昨年冬至に行われた祭天の儀には、ちゃっかり参加していた。祭天の儀では妃嬪達に役割があり、龍神を迎えるための舞を披露するのだ。

舞台は離宮にあり、日頃滅多に後宮の外に出られない妃嬪達には、人気のある国家行事だった。

妊娠中なので動きの少ない楽な舞の担当ではあったが、李充容はその練習には欠かさず参加していた。

とはいえ、李充容はお茶会と違って公的な催しなら休まない、というわけでもなかった。貴妃は矜持が高過ぎるところはあるが、私情のみで他の妃嬪を無下に扱ったりはしない。

何より貴妃を苛立たせていたのは、後宮に住む女達の義務まで李充容が果たせないことがあったからだ。

毎年春には養蚕の神を祀る国家儀礼があり、貴妃を筆頭に妃嬪達が取り仕切ることになっている。

養蚕奨励を目的として、後宮の外で行われる大掛かりな春の儀式なのだが、企画から進行まで妃嬪が執り行う唯一の一大行事で、皆で話し合う必要があるにも拘わらず、李充容は悪阻を理由に、会合を休みがちだった。

(貴妃様のお気持ちが、分からなくもない。体調不良を理由にされてしまえば、当然、会合に引き摺り出すことなんてできないけれど……。でも異国に嫁ぐことが決まった公主様の教育で、貴妃様もお忙しいのだし。不満に思うのも、無理はないのよね)

要するに、李充容は体の弱さを都合よく利用して、面倒な仕事からは逃げているようにも見えるのだ。

「貴妃の取り巻き達は、茶会の件で李充容に完全にブチ切れているよ。『随分都合よく目眩がすること！』ってさ。皆キリキリしていて、後宮の雰囲気は昨日の午後から、最悪さ」

「後宮に行くなら、覚悟しといて！」とばかりに陵は両手を腰に当て、顎を逸らして眉を跳ね上げた。

陵の事前情報のお陰で、午後に後宮に向かう私の足取りは大変重かった。だが予想に反し、朱明門をくぐった私の目に一番に飛び込んできた光景は、とても爽やかなものだった。

貴妃の公主が、路易と二人で散歩をしている。

路易は西方の国から来た金髪碧眼の宦官で、彼がいるとそれだけで人目を引く。

公主は冬の寒空の下、貂の毛皮を首元に巻き、白い吐息を上げながら、蠟梅の木を見上げた。まだ幼さの残る少し甲高い声で路易に尋ねる。

「私ったらだめね。昨日教えてもらったばかりなのに。ねぇ路易、蠟梅は西加瑠語で何て言うのかしら？　これじゃ、向こうにいってもまだ日常会話にまだまだ困ってしまうわ」

路易が優しく微笑み、公主の顔の高さまで屈んで彼女に答える。

「微笑ましい光景ね。公主様は、本当に努力家だわ……」

隣を歩く陵も、しんみりとした様子で頷く。

ここへ来たばかりの頃は、摑みどころのない人物だった路易も、公主に西加瑠王国について教育するという使命に目覚めたのか、顔つきが凜々しくなった気がする。皇帝は西加瑠王国に嫁ぐ娘のために、学者を呼んで彼女に講義を受けさせていたが、言語は常時そばにいる路易から学ぶ方が手っ取り早いのだろう。

蠟梅の木は、西加瑠王国にもあるだろうか――。そんなことを考えながら、出張所に着いた。

席に腰を下ろした頃、早々に出張所にやってきたのは、愛琳だった。

片手に麻花や飴が載る皿を持っているので、慌てて手近にあった布巾で机上を綺麗に拭く。

愛琳は机に皿を載せ、私の向かいに座るなり口を開いた。

「待ってたのよ！　昨日は後宮に顔を出してくれなかったでしょう？　ねぇ、蔡主計官。貴女にお願いしたいことがあるの」

隣に椅子を引いてきて、陵も腰を落ち着ける。

三人でこうして菓子を食べるのは、ほぼ私達の習慣になっていた。毎度、愛琳持参の麻花は美味しい。

小麦粉を捏ねて綱のように捩って揚げたものだが、愛琳が女官に作らせる麻花は細めにできていて、それでいてしっかりと硬く、ポキポキとした歯応えが楽しい。

「いつもお菓子、ご馳走様です。私に頼まれたいことって、なんでしょうか？」

「李充容の部屋のことなの。私と同じ万蘭宮に住んでいるけれど、彼女の両隣の部屋の妃嬪達が、嫌がらせをするんですって。部屋の壁を夜にドンドン叩いてきたり、部屋に虫の死骸を入れてきたり。貴妃様のお茶会によく呼ばれている人達だから、きっと貴妃様がやらせているのよ」

「分かりました。李充容様ご本人にもご希望を聞いてみて、総管にお話ししてみます。今の部屋より狭くなってしまうかもしれませんが」

「ええ、今度本人も連れてくるわね。ありがとう。私っておせっかいだから、困っている彼女の力になってあげたいと思っても、妊娠したことがないからよく分からなくて。できることは限られているのよね」

「いやいや、李充容様は安修媛様のお陰でとても心強いと思いますよ～。僕も一匹狼でしたけど、蔡主計官がここに来てくれてから、後宮の居心地が変わりましたから」

「あら、ありがとう。李充容もそう思ってくれているといいけれど。陵、あなたもたまにはいいこと言うじゃないの」

「はい！　お褒めに預かり、恐縮です」

褒められたのかよく分からないが、陵がご機嫌で麻花を頬張る。

愛琳は飴を口に放り込んでから咳払いをし、私を満面の笑みで見つめた。なぜか期待に満ちたように、瞳をキラキラと輝かせながら。

「それで、昨日の外出はどうだった？　陵から聞いたわよ。婚約者の柏尚書と出かけたんでしょう？」

「わ、私と彼は、婚約はしていないんですが……」

「結婚しても、主計官を辞めないでね。私達のそばにいてよ？　昨日みたいに丸一日いないだけで、困るんだから」

聞いちゃいない。

(全く、いくら私がいちいち訂正しても、皆私が照れているだけだと思って、すっかり私のことを本当に柏尚書の婚約者なんだと思っているんだから)

とはいえ、柏尚書にもらった腕輪をつけている私も、大概だ。彼の婚約者と呼ばれることを、今や本気で嫌がっているわけではない。

つい腕にはめている陶器の腕輪に触れてしまう。柏尚書にもらったのが嬉しくて、つけてきてしまったのだ。普段は仕事に腕輪をつけてきたりはしないのだが。

なんとなく、一日に何度も見たくなってしまう。この腕輪を見ると、自分が大切にしてもらっているという感覚を覚えるからかもしれない。

愛琳が出張所から出ていくのを見送るために殿舎の外に出ると、何やら外が騒々しかった。

女官達が駆けてきて、宮の塀沿いを歩いている宦官を捕まえ、人を呼んで来いと叫ぶように指示している。彼女達が走ってきた先は永秀宮(えいしゅうきゅう)で、塀のそばには人だかりができていた。

永秀宮の門は開いており、中から出てきた宦官が困惑して右往左往する前で、香麗が喚(わめ)いている。

香麗の視線の先には小芳がおり、彼女の足元では李充容が地面に膝をついていた。

愛琳が緊張を帯びた口調で呟(つぶや)き、早足で永秀宮に向かう。

「李充容？　あんなところで何をしているのかしら？」

地面には薄(う)っすらと雪が積もっているし、冬の石畳はとてつもなく冷たい。懐妊中の妃嬪が膝をつくなんて、もってのほかだ。

直後、駆けつけた愛琳がズルリと滑り、そのまま転がって門の前に立つ宦官の足元に、体ごと突っ込んでいく。宦官を道連れに門にぶつかり、やっと止まった。

「愛琳、大丈夫!?」

咄嗟に名前で呼びかけてしまうが、近くにいる小芳が片手を突き出して私を制止する。

「走ってこないで下さい、蔡主計官。この辺りの雪の上に、油が撒かれているんです！」

ピタリと立ち止まり、後ろから来ていた陵が止まりきれず私の背にぶつかってくる。

小芳はツルツルと滑る李充容を懸命に助け起こそうとしていた。重たいお腹のせいで足を踏ん張って体勢を整えるのが難しいのか、うまく立てないようだ。

（お腹に赤ちゃんがいるのに！　すぐになんとかしないと）

気がせいてしまうが、足をしっかり踏み締めて慎重に近くに寄る。李充容の足が滑らないようにするには、どうしたらいいか。

「そうだ！　李充容様の足下に、何か敷けばいいんだわ」

腕に掛けていた披帛を脱いで李充容の足下に敷く。

「李充容様。私の披帛を踏んで立ち上がってみてください。これなら滑らないで済むはずです」

蒼白な顔を上げ、お礼を呟きながら李充容が小芳の手に縋ってゆっくりと立ち上がる。

彼女は香麗を怯えたように見つめながら、私に訴えた。

「貴妃様に呼ばれて来たのですが、ここで滑ってしまいました。蔡主計官、貴女の披帛を汚してしまって、申し訳ないわ。ありがとう」

道の先から慌ただしく駆けてくるのは、医官を引き連れた女官達だった。さっき走っていた女官達だ。更に遅れて、輿を担いだ宦官達がやってくる。

盛大に転んだ愛琳は、乱れた裾を整えながら、そばに立つ香麗に棘のある声で言った。

「これはどういうことなの⁉　永秀宮の塀の前が、異常に滑るわ。油が撒かれたみたいになっているけれど。誰がこんなことを？」

香麗が答える前に、李充容が口を挟む。

「私達は貴妃様に呼ばれて、永秀宮に行く途中だったんです」

万蘭宮から永秀宮へ行こうと思えば、この道を絶対に通る。まさか、誰かが李充容を転倒させようとして、わざと油を撒いたのだろうか。永秀宮の門番との距離も適度にあるから、素早く撒けば気づかれずに済みそうだ。

愛琳の問うような視線を受け、香麗が顔を真っ赤にして反論した。

「いくらなんでも、あんまりです。まるで永秀宮が、李充容様を呼びつけて、転ばせるために道端に油を撒いたみたいな言い方じゃないですか！　公主様だって毎日何度もここを通られるのに、そんな危ない真似をするはずがないでしょう？　言いがかりも甚だしいです！」

医官は地団駄を踏んで声を荒らげる香麗に当惑しきりの様子だったため、私は彼に急かすように話しかけた。

「とにかく、早く李充容様を万蘭宮にお連れして、診察をお願いします」

医官は何度も頷くと、小芳と愛琳に支えられる李充容に問いかけた。

「どこかに痛みはありますか？」

「お腹が痛いです。転んだ衝撃で、腰から足の付け根まで、ジンジンします」

医官も手を貸し、李充容を輿の上に座らせる。

心配そうに何度も輿の上を見上げながら、愛琳は医官と小芳の後を追う。

彼女達が遠ざかっても、香麗はまだ門の前に立って輿の去っていった方向を見つめていた。

愛琳の二の舞を踏まないようにゆっくりと踏みしめながら、雪交じりの地面を念入りに調べてみる。

雪がまばらに残っているので分かりにくいが、油状の液体はごく狭い範囲に撒かれたようだ。今の季節は、どこの宮でも灯籠に油を使うため、誰でも簡単に手に入る。あちこちの宮へ運ばれる際に、偶然ここで溢れた可能性も否定できない。

お腹が大きい妊娠中の女性は、体が傾くのを防ぐために歩幅が小さくなりがちなので、撒かれた面積が狭くても踏んでしまったのだろう。

私が顔を上げ、目が合うや否や香麗は「永秀宮のせいにしないでよね！」と捨て台詞を吐き、門を閉めてしまった。

李充容の転倒事件があってから数日後。私は久しぶりに貴妃に呼ばれた。

貴妃と私は出会ったばかりの頃に比べれば親しくなり、多少は気心が知れた仲になったため、時折彼女は私を話し相手として自分の宮に呼ぶようになったのだ。

私も最近では、多少は気楽に貴妃の宮を訪ねるようになった。だが今日は話が違う。

なぜなら昨日、永秀宮と万蘭宮の間で、再び厄介な事件があったからだ。

永秀宮の近くで転倒した李充容は大事を取り、しばらくの間安静にしていた。

その間、李充容のもとには妃嬪達からたくさんの見舞いの品々が届けられたという。

そしてその中にあったある膝掛けが、物議を醸すことになったのだ。膝掛けには麒麟などの縁起の良い瑞獣達の模様が刺繍されていたのだが、それを見た小芳は血相を変えて、即刻裁ちバサミで刺繍を外してしまったらしい。

なんでも刺繍された瑞獣の中にあった白澤が、失脚した淑妃の悪事を思い出させるから、だとか。

そう、かつて万蘭宮に住んでいた淑妃は、白澤の刺繍をした巾着を作り、御守りのように公主に持たせていた。だがその実、彼女は皇帝の関心を集めるために、故意に公主の健康を害していたのだ。

膝掛けを見た小芳は「かつて淑妃がしたように、李充容の体を弱らせたい意思の表れよ！」と騒ぎ立て、更に李充容と仲の良い妃嬪達も悪意を持って話を広めた。

ほんの些細なことがきっかけで、皆を巻き込んで大ごとになっていくのが、後宮の怖いところだ。

そしてなんと、李充容に膝掛けを送ったのは、貴妃だった。

(貴妃様、さぞ怒ってるんだろうなぁ。せっかくのお見舞い品に言いがかりをつけられて。正直、永秀宮に今日は行きたくないわ)

いまいち気分が乗らないので、自分を鼓舞しようと、こよなく愛する銭のことを考える。

今夜は帰りに久々に蔡織物店に寄って、売り上げ金を眺めてこようか。

それでもまだ前向きな気持ちになれない私の脳裏に、不意に柏尚書の顔が思い浮かぶ。

(仕事に関しては鬼並みに厳しい柏尚書も、仕事が嫌になっちゃうことって、あるのかしら？）

私は一時的に主計官をしているだけだけれど、柏尚書は科挙を通ってきた以上、下っ端の官吏として気楽にくすぶることは許されない。多くの官吏の先頭に立って、ずっと邁進しないといけないのだ。ずっと重責を背負ってきて、これからもそれは変わらない。

きっと悩んで、時にはゆっくり歩くようなことがあっても、立ち止まらずにきたのだろう。その点は同じ官吏として、素直に凄いと思う。

柏尚書から力を分けてもらおうと、腕に巻いた柏尚書からのお土産に触れる。

落ち着かなかった心が、不思議と凪いでいく。

「よし。張り切って行こう！」

元気を出すために、敢えて大股で永秀宮の門をくぐる。

正殿の階を上がり、室内に入ると意外にも貴妃は特に機嫌が悪そうには見えなかった。

貴妃は紫檀の椅子に腰掛け、帯を縫っていた。大人が使うには、少し細いし短い。

薄桃色や赤色の糸を多用していることから、きっと公主のために縫っているのだろう。

隣の机には茶器が置かれ、どうやら一人でお茶を嗜みながら、黙々と裁縫をしていたらしい。

手つきは丁寧だが、急いでいるようだ。

「その帯は公主様への贈り物ですか？　綺麗なお花ですね」

帯の刺繍は花弁が幾重にもあり、何の花なのかは分からない。きっと貴妃の空想上の花なのだ。

「あの子が持っていけるものを、出来るだけたくさん作ってあげたいのよ。どの季節に咲く花なのか分からない方が、一年中使ってもらえるでしょう？」

なるほど。近いうちに手元から遠くにやらねばならない公主を思う貴妃の気持ちが沁みて、なんと言うべきかが分からない。ちゃちな慰めの言葉を、できれば使いたくない。

生地にチクチクと刺繍糸を通していた貴妃は、思い出したかのように顔を上げた。

「万蘭宮の一部の妃嬪達が、瑞獣の刺繍を巡ってまた私を悪く言っているようね。後宮では誰かが子を宿すたびに諍いが起きるけれど、あの安家の娘は、三大名家の自分が李充容の側にいることで、余計に周りの女達を煽っていることに気づいていないのかしら？」

安家の娘とは、修媛の愛琳のことを言っているのだろう。

李充容だけなら、ここまで騒ぎは大きくならない。後ろ盾の大きな愛琳が彼女についているからこそ、李充容を持ち上げる声に勢いがつく。そう言いたいのだろう。

「安修媛様は直感で動かれる方なので……」

愛琳をここで庇うわけにも謗るわけにもいかず、私が言葉を濁すと貴妃は「直感ねぇ」

と小さく鼻で笑った。

貴妃は茶杯に手を伸ばし、一口飲んでから再び帯に向かう。

「瑞獣が前淑妃を連想させるなんて、ばかばかしい。今後大雅国の後宮では、二度と瑞獣を服飾に取り入れられないとでも？　あの小芳という女官は、後宮に来てまだ日が浅いからか、やることの度が過ぎているようね」

「小芳は人一倍、李充容様への忠誠心が強いようですので……」

小芳はもともと尚食司の女官だったが、料理の腕がよかったために李充容に気に入られ、去年から万蘭宮に異動することになったのだ。こうして引き抜かれた女官というのは、仕える妃嬪達に心酔していることが多い。

「李充容の口に入るものを贈らなくてよかったわ。毒入りと騒がれるところだったもの」

「流石、自衛してらっしゃるのですね」

「もちろんよ」と貴妃が鼻で笑う。

「ところで、先日内務府の用事で海雲州で流行のお店とやらに行ってきたんでしょう？　どうだったか、話を聞かせてもらえるかしら」

貴妃は後宮の住人だが、外の出来事や様子も常に知っていたい人なのだ。

「何からお話しすべきか、悩ましいところです。なんと申しましても、羅商会の会長がとてつもなく個性的な方で」

「あら、面白そう。詳しく教えて頂戴な」

貴妃は羅商会の白理支店を訪問した話を、熱心に聞いた。

手元の針を動かしながら聞いてはいるものの、私の表現する凱の話がおかしかったのか、時々彼女は針を止めて、小さくクスクスと笑った。

くだらない話題かもしれないけれど、ここのところ後宮で嫌な思いをしているだろう貴妃の気持ちが少しでも明るくなったのなら、私も嬉しい。

私が話し終えると、貴妃は礼を言ってから万蘭宮の方角に視線を投げた。

「李充容の子も、来月には生まれるわね。万蘭宮が一層賑やかになりそうだわ」

感慨深げに貴妃はそう言った。

だが実際には、李充容の出産の後に、大きな不幸が待ち受けていたのだ。

厳しい冬の寒さが徐々に緩み、白理に春の足音が聞こえてきた。

仕事帰りに寒さで震えながら歩かなくて済むようになったので、これからは寄り道がしやすい季節だ。

後宮での勤務を終えて、都の目抜通りの桃下（とうか）通りにある蔡織物店に久々に顔を出すと、商品は春物ばかりになっていた。暖色系や賑やかな模様のものが増え、店に入るだけで心躍る。

夕方のこの時間は、各家庭が丁度夕食の時間だからか店内も客がまばらで、弟の康輝（こうき）は従業員と二人で商品を並べ直していた。

弟がすぐに私に気がつき、小さく手を振ってくれる。

「いらっしゃい、姉さん。店に来てくれるのは久しぶりだね！　今日は春物の薄手の生地がたくさん売れたよ」

「いいわね、明るい色の生地は、気持ちまで華やかにしてくれるから、お店に入るのも楽しいもの」

店内を歩いて陳列棚を見ている私の後をつけてきた弟が、言いにくそうに頭を掻（か）く。

「ところで、今日は店に寄り道をしない方がいいんじゃないかな。もしかして、まだお父様から聞いていないのかもしれないけれど、柏尚書がうちに夕食を食べに来るんでしょう？」

「えっ？　そんな話は聞いてないわよ。最近は柏尚書も仕事で忙しそうだったし」

柏尚書は皇城の中で見かけることがあっても、基本的にいつも仕事に追われているらしく、話す機会がない。常に速足で殿舎から殿舎を移動しているか、戸部の官吏と一緒に話し込んでいるため、声をかけるのも憚られるのだ。最近は特に、烏南州刺史の処分の検討で忙しかったのだろう。

「どうしてお父様もお母様も、柏尚書を呼んだことを康輝には言うのに、私には内緒にするのかしら?」

苦笑しながら弟が口を開く。

「きっと、姉さんが夕食をすっぽかすのを心配してるんじゃないかな。柏尚書は割と押せ押せだし、見合いの後からずっと周りも前のめりだけど、肝心の姉さんはいつ逃げても不思議はないような感じだから」

意外なことを言われ、反応に窮した。

(私ってそんな風に見えるのかしら。ちょっと不本意だわ)

「だって、姉さんは柏尚書と結婚する気はないんでしょう?」

「最近はそんなこと、ないんだけど……」

「えっ? 結婚する気があるの!? お父様が知ったらめちゃくちゃ喜ぶと思うよ」

「だめだめ、お父様には今の話、絶対に言わないでね」

父に知られれば、あれよあれよと話が進んでしまいそうで怖い。結婚の覚悟は私にはまだないのだ。

私はこれ以上柏尚書の話題を続けたくなくて、弟の手の中の小さな布に注意を逸らした。

「そ、それ、新商品じゃない？　初めて見るもの！」

「ああ、これね。これ、何だと思う？　前に姉さんが西の州で見つけてきた、綿の糸で織った手巾だよ」

得意げに微笑むと、弟は手にしていた小さな布を広げてこちらに向けた。

皺のない柔らかなその生地には、たしかに見覚えがある。手を伸ばして、端のほうの生地に触れる。

ゴワゴワしなくて触り心地がいい。

「いいわね！　水気の吸い取りも良さそうだし、皺になりにくそうだから手巾にぴったりじゃない。商品にしてくれて、嬉しいわ」

「綿花は主に大陸西南の暖かな地域で栽培されてるけど、まだ大雅国ではあまり出回っていないからね。綿花って、地面から羊が生えたみたいな植物らしいよ」

「生えているところが、全然想像できないわ。世界には不思議なものがたくさんあるわねえ」

「お陰様で綿の織物を扱うお店は、今のところ蔡織物店だけだからね！　凄く売れ行きがいいよ。流石姉さんは、先見の明があるね！」

「そんなに褒めても、何も出ないわよ～」

手巾を畳んで従業員に手渡した弟が、不意に目をすがめた。私の肩越しに、店の外を見ている。

「あの人、姉さんの知り合い？」

弟の視線を辿って店の入り口を振り返るも、誰もいない。

「さっきから、そこの角のところでこっちの様子を窺っている女性がいたんだけど。うちの店じゃなくて、明らかに姉さんを見ていた感じだったよ」

しばらくの間外を観察するが、店の前の桃下通りを早足で通り過ぎる人はいるものの、立ち止まっている人はいない。

「中年の女性だよ。身なりは良かったけど、なんか食い入るように姉さんを見ていたから、ちょっと怖かったよ。もう暗いし、帰り道は気をつけて」

「そ、そんな余計に怖くなることを、言わないで頂戴。嫌だな、誰かしら」

ただでさえ後宮にいるだけで、自分でも気づかないうちに敵が出来ていそうで、怖いのに。

店を出る前に手持ち灯籠を体の前にしっかり抱え、前後左右に警戒を怠らないようにして、家路につく。

バサバサッ、と突然後ろで物音がして、叫びながら振り返ると鳥が飛び立っただけだ。

「何よ、もう。びっくりした。鳥にはうんざりしているっていうのに」

なるべく急ぎ足で進み、桃下通りを抜けたところで立ち止まる。

気のせいだろうか。さっきから、足音が後ろで聞こえる気がする。

ドクドクと心臓が鳴り、恐怖に顔を引き攣らせて素早く背後を確認する。

(おかしいな。誰もいない……)

気を取り直してまた歩き出す。

(ううん、絶対気のせいなんかじゃない。私の足音に合わせて、後ろを歩いてる人がいる！)

寒さと怖さで体が震え上がり、私は手持ち灯籠の持ち手を固く握り、脱兎の勢いでその場を走り出した。

タッ、タッ、タッ、と私の後ろから今度は明らかに追いかけてくる足音がするが、振り返る勇気はない。

早く、家に着きたい。安全な所に行きたい。

頭の中は、蔡家の門でいっぱいだ。

必死に逃げる私の視界に飛び込んできたのは、前方を歩く男性の背中だった。

見覚えのあるその背中に向かって一直線に駆ける。

「柏尚書！　助けてください！」

我が家に向かう途中らしき柏尚書の背中に飛び込むように縋ると、彼が驚いたように振り返る。

「月花？　そんなに走って、どうしたんだ？」

「蔡織物店から、誰かにずっとつけられているんです！」

柏尚書は私を背中に隠すように体を反転させると、持っていた手持ち灯籠を高く掲げて目を凝らした。

「誰もいないようだが……」

「きっと柏尚書がいたから、建物の陰に隠れたんです。いてくださってよかった！」

真っ暗な山の中で、ようやく明かりのついた人家にたどり着けた気分だ。安堵のあまり、柏尚書の袖をギュッと掴む。

柏尚書は空いている方の手を伸ばして、私の肩に回した。そのまま結構な力で私を引き寄せ、歩き始める。

「不審者かもしれないな。――ここで会えて良かった。君のご両親に招待いただいたから、向かう途中だったんだ。月花は可愛(かわい)いから、目をつけられて狙われやすいのかもしれない」

買い被(かぶ)り過ぎだと言いたいが、柏尚書と体が密着して心臓が激しく動いているせいで、上手(うま)く言葉にできない。

今まで自分の足で走ってきたはずなのに、こうして力強く引かれると、急に力が抜けて頼りなく柏尚書についていってしまう。

張り詰めていた気が、急に萎(しぼ)んでいくようだ。

(手は何度も繋(つな)いだことがあるけど。肩を抱かれるのって、手を繋ぐよりも恥ずかしいかもしれない……)

柏尚書と私は、そうして二人でくっついて我が家に着いた。

貧乏蔡家に残された唯一の三大名家らしき遺産は、敷地(しきち)の前に立つ門だ。「蔡府」と書かれた扁額(へんがく)が掲げられている。

柏尚書は勝手に門を開け、完全には閉めずに少し開けたまま中に入ってすぐに私を引っ張りこみ、門の裏にへばりついた。

問うように柏尚書を見上げると、彼は自分の唇に立てた人差し指を当てた。黙っていろと言いたいのだろう。

その時、門の外で物音がした。

ごくささやかな音だが、衣擦(きぬず)れの音のようだ。柏尚書と私は、息を殺して門の外に聞き耳を立てる。

中途半端に開いたままになっている門扉の蝶番(ちょうつがい)が、軋(きし)む。誰かが門扉に力をかけ、少しずつ開けようとしているのだ。

柏尚書の動きは速かった。

「そこにいるのは誰だ？」

硬い声で問いかけながら、柏尚書が門の外に飛び出す。

直後に女性の短い叫び声が聞こえ、なぜかその後は静まり返った。

奇妙なことに、外に出た柏尚書も一言も発しない。

一体何が起きたのか、と不審に思って私も恐る恐る外に出る。

門の外では、見覚えのない中年女性と柏尚書が向かい合って立っていた。お互いなぜか驚いたように目を丸くして見つめ合っている。

この女性が、弟が見たという人物だろうか。なるほど、弟の言う通り身なりは悪くない。髪は綺麗(きれい)に纏(まと)め上げられていて、真珠の髪飾りを差している。襦裙(じゅくん)には毛玉一つないし、手を飾るのは大きな翡翠の指輪だ。

ばつが悪くて困っているのか、泣き笑いのように表情が忙しく動いている。

やがて柏尚書が掠れた声を上げた。

「叔母上……。一体、なぜここに？　何をなさっているんですか？」

（ええええっ!?　叔母上って、柏尚書の？）

私が出てきたことに気づいた柏尚書が、こちらを一度振り返ってから側頭部に手を当て、しばし言葉を失っている。

「ええと、柏尚書。この方は、柏尚書の叔母様なんですか？　ということは、前にお見合いでお会いした方の奥様でしょうか？」

「そうです。私の母方の叔母です。――叔母上、なぜこちらに？」

「ちょっと、どうしても気になって、お店を見に……」

「お店？」と柏尚書が険のある声で質問を被せる。

「仕事の虫だった偉光が、お見合い相手に夢中になって、真剣に交際中だと聞いて。貴方ったらお相手をなかなか紹介してくれないから、織物店を偵察に行ってみたのよ。そしたら、たまたま月花さんらしき人が来て。ウフッ、つい追いかけてしまったの！」

「ウフッじゃないでしょう！　夜道に後をつけるなんて、どれだけ彼女を怖がらせたと思っているんですか」

「そ、そうね。ごめんなさい……」

柏尚書の叔母は小さくなって両手を組み、頭を下げた。

「偉光の叔母です。今度、ぜひうちに偉光と一緒に、遊びにいらして。頑固者で色々と月花さんを疲れさせることも多いかもしれないけれど、誠実さは保証するわ！」

柏尚書の剣呑な視線を浴び、彼の叔母は首を引っ込めた。両手を伸ばして私の手を取り、こちらをひたと見つめてくる。

「偉光を、よろしくね！」

「は、はい」

しまった。勢いに押され、肯定してしまった。

私の返事に満足したのか、柏尚書の叔母は満面の笑みで頷き、踵を返して我が家の前を去っていく。彼女の手持ち灯籠が、素晴らしい速さで遠ざかる。

柏尚書が実にすまなそうに弱った顔をして、口を開く。

「叔母が本当に申し訳ない。まさか月花を尾行するなんて。どうも叔父があることないこと、吹聴したらしい」

「そのようですねぇ。それにしても、お茶目な叔母様ですね。誰かに恨まれたとか不審者じゃなくて、安心しました」

私達はわずかの沈黙の後で、ほとんど同時に笑いだした。極度に警戒していた自分達が、妙におかしくなったのだ。

笑い声が聞こえたのか、家の玄関扉が開いて中から父が顔を出す。父は私と柏尚書を見とめるや、手をブンブンと振ってくれた。

「なんだ、二人で仲良く歩いて帰宅したのか。――柏尚書、どうぞ中へお入りください。お久しぶりですなぁ～」

間延びした父の声と笑顔に、更に緊張感が解れる。ホッとしたらお腹が空いたので、柏尚書と一緒に、私も速歩で家の中へと入った。

春らしい暖かで柔らかな日差しが降り注ぐ、気持ちのいい朝。

李充容が元気な赤ちゃんを産んだ。

生まれたのは皇子で、その情報は光の速さで後宮中に知れ渡った。

皇位継承者となる新たな男児の誕生に、皇帝は大変喜び、永熙と名づけた。

李充容の実家である中書侍郎の邸宅では、娘の皇子出産を祝って、朝から客人がひっきりなしに訪れ、大宴会が開かれたという。

万蘭宮での状況も似たり寄ったりで、李充容の部屋には他の妃嬪達から出産祝いの品々が次々に送り届けられ、その量たるや山のようだったらしい。

ここで送り損ねると、将来もしも皇子が皇太子となった場合、栄華を極めるであろう李充容の派閥に入れてもらえなくなるからだ。

それに他にどんな感情があろうとも、皇帝の子の誕生は純粋にめでたいものだった。少なくとも表向きは。

翌日は春の嵐といった天候で、朝から風がとても強かった。一番上に着ている紗織の衫が、飛ばされそうなほどはためく。

風で顔面に叩きつけられた土埃が目に入り、涙が出るほど痛い。

目をショボショボさせながら、皇城への道を歩いている私に声を掛けてきたのは、柏尚書だった。今朝も紫色の袍を寸分の乱れなく着こなし、頭上に載る冠もわずかなズレすらない。

「おはよう。ここで会うのは久しぶりたな。今朝は出勤が早いんだね」

柏尚書は早朝から爽やかだった。

「今日こそは内務府からの贈り物を李充容にお渡ししたいので、今朝は少し早めに出勤したいと思いまして」

並んで歩く柏尚書の顔が、微かに強張る。彼は一旦私から目を逸らし、硬い声で言った。

「そうか。まだ知らないのか……」

「知らないって、何をですか？」

「――月花、落ち着いて聞いてほしい」

柏尚書はそこまで言ってから、足を止めて私の前に立ちはだかり、必然的にこちらも立ち止まって彼と向かい合う格好となった。

(急にかしこまって、どうしたのかしら。今、急いでいるのに困ったな)

私の戸惑いをよそに、柏尚書は一言一言をゆっくり発音するように、言葉を紡いだ。

「私は昨日、夜勤だったんだ。実は一睡もしていない。日の出と共に一旦退城して、着替えてからまた登城している」

「ええっ、徹夜明けなんですか？　お疲れのように見せないところが、流石です。でも、どうして……」

嫌な予感がする。

柏尚書は、なぜ痛ましげに私を見下ろすのだろう。李充容への贈り物を話題にした私に、そんな辛そうな表情で話したいこととはなんなのか。

「李充容は産後、ご体調が優れなかったらしい」

「はい、そのようですね。李充容様は出産直後の疲労が凄まじくて、食欲が細って困ると女官達が心配していました」

尚食司から運び込まれた祝膳にはほとんど手をつけられず、食べられたのは粥くらいだったと聞いている。

「もしかしてご体調があの後、まだ快復なさっていないんですか？」

「昨夜、李充容は嘔吐されたらしい」

「疲労からでしょうか。それとも食中毒とか……」

「食中毒はない。廃棄する食事があると、黒猫金庫番に目をつけられると怯えた万蘭宮の女官達が、鍋に残った粥を分けて平らげたと聞いている」

私の話がそんな所に出てくるとは。戸部にまで広まっているのが、どうにも気まずい。

「体調の悪さを重く見た医官は、李充容に付ききりで対処したのだが、夜になって痙攣が始まったんだ」

痙攣するなんて、普通の状態ではない。分娩時の出血が多過ぎたのだろうか。声を出すことができず、ただ柏尚書を見上げる。

「じきに昏睡状態になり、李充容はまもなく……息を引き取ったと聞いている」

「えっ？　柏尚書、ちょっと風の音でちゃんと聞こえなかったんですが」

柏尚書は両手を上げて、私の両腕にそっと触れた。

「李充容は昨晩、医官達の手当ての甲斐なく、亡くなった。――気の毒に思うよ。とても、とても残念だ」

「そんな、信じられません！　だって、赤ちゃんが生まれたばかりなのに。こんなことって……」

お産は女性にとって命懸けだというし、実際に出産で命を落とすことも多い。

李充容の皇子はどうなってしまうのだろう。

（愛琳もこのところ、李充容様とかなり親しくしていたから。きっと今頃物凄く辛い思いをしているはず。早く行って、声をかけないと）

「そ、そうと知ったらこんなところで止まっているわけにはいきません。内務府に急ぎます！」

「待て」

急に柏尚書が私の左腕を強い力で摑み、走り出すのを止められる。

柏尚書は少し目を据わらせ、厳しい顔つきで私を至近距離から見下ろしてきた。

「君こそ、大丈夫なのか？　無理をし過ぎていないか？」

意外なことを問われ、返事に困って目を激しく瞬いてしまう。

「もちろん、私は大丈夫です。無理をされているのは、柏尚書の方ではありませんか？　徹夜はお体に良くないですよ」

皇帝陛下は日中、生まれたばかりの皇子に会うために政務を滞らせていたのだろう。その穴埋めをすべく、夜まで外朝で政務に励まれていたところ、訃報を聞かされに違いない。すぐに万蘭宮に向かった皇帝がまた外朝に戻るまで待ったために、昨夜は一部の戸部の官吏が夜勤になったのだ。

柏尚書は硬い表情を緩めた。

「誰から心配されるよりも、君にそう言ってもらえるのが一番嬉しい。――しばらくは、きっと主計官として……葬儀の業務に忙しくなりそうだな」

「はい。皇子が生まれたばかりなのに、葬儀の準備をしなくちゃいけないなんて」

私達はしばらくの間、痺れたような痛みを胸に抱え、皇城の波打つ甍を見上げた。

皇帝や妃嬪達が李充容の葬儀を行ってから、数日が経過した頃。

悲しみに打ちひしがれていた後宮で、ある噂がまことしやかに囁かれるようになった。

――李充容は、何者かに殺されたのだ、と。

その類の噂を私の耳に一番に入れてくるのは、いつも情報を得るのが早い、愛琳だった。

本降りの雨をものともせず、愛琳は相変わらず茶菓子を持参して、内務府の出張所にやってきた。

愛琳は雨で少し濡れた漆塗りの菓子箱を開き、頬張る前に話を切り出した。

「李充容のことで、新しい事実が分かったの。私は絶対に彼女は無慈悲にも殺されたんだと、確信したわ。二人とも、よく聞いて。――李充容は貴妃様に呪い殺されたのよ」

私と陵は表情まで固まってしまった。その反応が心外だったのか、愛琳が捲し立てる。

「永秀宮の正殿の一室に、ここのところ、深夜までずっと明かりがついていたそうよ。漏れ伝わった話によれば、貴妃様が夜な夜なそこですすり泣きながら、何かをしていたのですって！」

「なるほど……それは想像ができます」

思わず愛琳の話を肯定してしまう。

「そうでしょう？　魑魅魍魎は夜の方が活発だというし、誰にも聞かれないように夜中に李充容を、呪詛していたのよ！」

「でも安修媛様のお耳に入ったと言うことは、誰かにばっちり聞かれちゃったんですかねえ」

まるで信じていない様子で陵が相槌を打つ。私はやや興奮気味の愛琳を落ち着かせるため、冷静に話し出した。

「安修媛様、よく聞いてください。まず、呪いは我が国で禁止されていますし、大罪です。そんな危険を貴妃様が冒すとは考えにくいのでは？　それに……多分、貴妃様は公主様への贈り物を深夜まで作られているから、夜ふかしされているんだと思います」

ちゃちなものは娘の名誉のために、持たせられない。けれど裁縫が得意な女官に作らせるのではなく、母の手製のものを、出来るだけたくさん持っていってほしい。

だからこそ、貴妃は手を抜かず、限られた時間の中で作るのに最大限時間をかけようとしている。

「そ、そうなの？　じゃあやっぱり毒殺なんだわ。こちらは証拠もあるもの。李充容はね

──毒殺されたのよ」

「こ、今度は毒殺ですか……？　ですが、たしか亡くなるまでずっと側にいた医官は、急変の原因を突き止められなかったと聞きましたけれど」

「医官も全ての毒に精通しているわけではないでしょう？　多分、医官がまだ知らない毒を使われたんじゃないかしら」

後宮では歴史上、暗殺が蔓延っていた。

後継者争いや皇帝の寵愛を巡り、妃嬪や皇子、女官達が対立相手に消されるのは、珍しくなかった。

そしてその手段として最も多く用いられたのは、毒だ。

だからこそ毒殺を恐れ、後宮には毒味係がいるし、皇帝や妃嬪達が使う箸や匙も銀や象牙で出来ている。銀は毒の混入があると、黒く変色するのだという。

李充容の朝食は粥だった。

産後の李充容の滋養強壮のため、豚肉や帆立、枸杞子といった具入りの粥だ。

だが鍋に残った粥を万蘭宮の女官達も分けて食べたのに、彼女達はなんともなかった。

使われた食器にしても、尚食司で洗われたばかりの皿に無選別によそったのだ。偶然李充容の手に渡った皿に塗られていたとは、考えにくい。

「李充容様が粥を食べる時に使った銀の匙も、特に変化はなかったんですよね？」

私の疑問に答えたのは、私達に茶を注ぐ陵だった。

「その防衛策に引っかかるのは、ごく一部の毒成分だけだからね。実際には銀が反応して変色するのは、砒素くらいだと知ってる？　ちなみに象牙も慣習的に毒味に使われるけど、象牙に至っては完全に単なる気休めなんだよ」

「そっ、そうだったの!?　私はてっきり、李充容の匙に油でも塗って、毒が触れないよう細工がしてあったのかと思っていたわ」

愛琳が狼狽える。彼女も今まで自分が食事の時に使う銀や象牙を信頼していたのだろうから、衝撃を受けるのも無理はない。

「こ、これから私は何を信じて食べたらいいの？」と動揺する愛琳に対して、陵が「さぁ～、困りましたねぇ」とたいして困っていなそうに相槌を打つ。

「それで安修媛様、新しい事実とは一体なんでしょうか？」

私が本題に戻すと、愛琳は咳払いをしてから話し始めた。

「お産はとても疲れるし、体力を消耗するでしょう？　だから粥以外にも食べてほしくて、女官達は李充容に一口で食べられる菓子を食べさせたのですって。それが、貴妃様が皇子様の誕生祝いに贈った、緑豆糕だったのよ！」

「緑豆糕か！　蒸した緑豆を胡麻油で練って、型に入れて成形したやつですね」

「ちょっと陵。注目してほしいのは、菓子の製法じゃないのよ。贈り主が、あの永秀宮の貴妃様の菓子だということよ！」

私は愛琳の説明をすんなり受け入れることはできなかった。

（おかしいわ。貴妃様が食べ物を、敵対する妃嬪に贈るかしら？　彼女は下手に足を掬われないように、自衛しているはずだし、口に入るものは贈らないと言っていたのに）

毒だけでなく、カビや異物の混入など、ケチをつけられる隙を与える口実にされかねないため、飲食物は贈る相手を選ばないと危険だ。

「貴妃様が贈られたというのは、たしかなのでしょうか……？　李充容様が亡くなったあの日は、皇子誕生のお祝いの品々が山のように送られてきていて、部屋は箱や包みだらけだったと聞いています。そんな状況では、贈り主を間違えたりしてしまっても、おかしくはないかもしれません」

最近だって、まさにそれと似たようなことがあった。私達は内務府で、貴妃と李充容の皿を取り違えたではないか。

だが愛琳は身を乗り出して言い足した。

「貴妃様が贈り主なのは、間違いないと思うわ。だって、緑豆糕は凄く高級そうな蠟箋に包まれていたのよ。去年まで貴妃様がご愛用されていた、独孤(どっこ)文具館の蠟箋よ」

愛琳は貴妃を疑っているようだが、私はどうもその考えには同意できなかった。

昨年、不幸にも永秀宮の女官が自害した原因となった文具館から仕入れた紙は、貴妃がもう見たくもないと言って、色んな妃嬪達にあげたり、貴妃が怒涛の勢いで消費してしまったからだ。それこそ、後宮にいれば誰にでも手に入れる手段はあった。

「その話は、陛下もご存じで？」

陵も半信半疑なのか、首を傾(かし)げながら愛琳に尋ねる。

「いいえ。陛下は小芳が訴えても、取り合わなかったそうよ。女官が貴妃を疑うのは、身の程知らずだと、逆にお怒りになったんですって」

それはそうだろう。小芳も随分思い切ったことをするものだ。果敢というか、無鉄砲というか。

「小芳は李充容の父親の、李中書侍郎に手紙を書こうと思っているのですって。私と連名で出して、貴妃を訴えたいらしくて、私の名前を使っていいか聞かれたの」

「それはやめた方がいいと思いますよ……」

「そ、そうよね。分かってるわ」

愛琳はすぐに何度も頷(うなず)いたものの、ばつが悪そうに目を泳がせた。

もしかしたら、危うく小芳の危険な提案に乗っかるつもりだったのかもしれない。

「緑豆糕から毒は出たんですか？」

肝心なところを聞いてみると、愛琳は残念そうに首を左右に振った。

「緑豆糕って成形した後は加熱しないから、傷みやすいでしょう？　何より李充容は優しいから、女官や宦官(かんがん)と分けて全部食べたんですって。でも他の皆は何ともなかったわ。だから表立って糾弾はできないのだけれど。でも緑豆糕の全部に入れてあったのではないんだと思うの。その方が被害があった後で調べてもバレないでしょう？」

「しかし、それだと李充容様を狙い撃ちするのも、難しそうですけどねぇ……」

陵がボリボリの咀嚼(そしゃく)音を立て、麻花を食べる。

先日会った貴妃は、公主のことで頭がいっぱいの様子だった。

どうしても貴妃が李充容を暗殺するなんて、思えない。別の可能性はないのだろうか。

「飲み物に毒が入っていた可能性はありませんか？　お茶の中なら苦いですし、飲んでも気づかないかもしれません」

だが愛琳はゆっくりと首を左右に振った。

「李充容はまだ産後も気持ちの悪さがあって、お茶より水を飲んでいたのよ」

水では、何かを混入されていれば分かってしまうだろう。

「あの日、李充容が腹痛に苦しんでいた時に、すぐに医官に異状を訴えればよかった。産後はお腹が元に戻ろうと収縮するから、痛みがある方がかえって治りが早い証拠なんだ、って女官達に言われて、納得しなければよかった……」

近くにいたのに救うことができなかった愛琳の心の痛みが辛くて、彼女の腕を摩る。

愛琳はか細い声で続けた。

「もし李充容が生きていれば、第二子の誕生も望めたかもしれないわ。父親は高級官吏の中書侍郎だもの。貴妃様の皇子と、将来は後継争いをしていたかもしれないわ」

李充容の皇子は今、乳母と女官達で世話をしている。近いうちにいずれかの妃嬪の養子になり、育てられることになるだろう。

「陵も覚えてるでしょう？　あのお茶会での、龍と鳳凰の像を壊された貴妃様の怒りようを思えば、何をしても不思議じゃないわ。もちろん、憶測で滅多なことは言えないから、月花達にしかこの怒りはぶつけられないけれど」

伏せた愛琳の目が、潤んでいく。

「私、悔しい……」

きつく引き結んだ薄い唇は微かに震えている。

愛琳は友達を亡くした悲しみと、やり場のない怒りを感じているのだ。

愛琳の気持ちはよく分かる。

もしも毒殺だったのだとすれば、許せないし犯人を野放しにはできない。

ただ問題は、客観的に見れば毒殺できた機会と証拠がないということだ。


後宮がギスギスした雰囲気に包まれる中。

庭園では愛らしく癒される光景が見られた。

後宮の庭園には、お茶を飲みながら花々を満喫するために、春和殿という小さな二階建ての建物があるのだが、貴妃の公主がそこでお付きの者達を連れ、舞の練習に励んでいたのだ。

景色がよく見えるよう、窓が大きい春和殿の二階で、公主が袖を靡かせて舞の稽古を受けている。

風が吹き込み、花びらが公主の周りをヒラヒラと舞い、まるで花の精霊のようだ。

出張所に行くのに庭園を横切る必要はないのだが、公主の舞見たさに、つい寄り道をしてしまう。

陵は春和殿の二階を、感慨深く見上げた。

「しかし、あの路易って宦官は頭がいいよなぁ。去年は片言の大雅語しか話せなかったのに、今や流暢に話しているよね」

「そ、そうね。去年の姿が、嘘のようね」

路易は大雅語ができないフリをしていただけなのだが、ここでそれを明かして波風を立てるのはどうかと思われる。私は彼が私にだけ教えてくれた自身の言語能力のことを、わざわざ他の人に明かす気にはならなかった。


公主が春和殿での舞の稽古を終える頃、私は再び春和殿に向かった。

春和殿の窓からは、広い庭園の花壇や低木しか見えない。そのため、後宮にいることを忘れるくらい開放的な気分になれるということで、多くの妃嬪達に人気だった。

ここを使ってお茶会を開くのは妃嬪達が好む催しの一つで、特に春は借りるのに激戦必至だ。予約を受け付けているのは内務府の出張所なので、押さえたい日に他の妃嬪――とりわけ交渉ができないような自分より上級の妃嬪に先に予約を取られてしまっている場合、なぜか私や陵が文句を言われるのであった。

(それって、どう考えても理不尽よね)

また、前日に使った妃嬪達が散らかしたり、家具を動かした後で原状復帰していなかった場合も、やはり文句を言われるのは私と陵なので、誰かが使った後は必ず内部を確認するようにしていた。

公主が春和殿を借りているのは申の刻までだったので、私は申の刻を少し過ぎた頃を見計らい、出張所を出て庭園に行った。

風にそよぎ、色とりどりに揺れる花々を愛でながら、中心部にある春和殿を目指す。

春和殿を見上げた直後、「あれ、おかしいな」と声が漏れてしまった。

使い終わったら下ろしておくはずの格子戸が、開いたままなのだ。

予定を超えて、まだ公主達が使っているのかもしれない。

そう思って近づき、建物の前で立ち止まる。

「路易さん？　ど、どうしたんですか……？」

路易が春和殿の前で這いつくばり、匍匐前進をしている。

宦官の被る帽子も脱げて転がり、金色の髪が全部見えているではないか。

声をかけられた路易が動きを止め、苦しげに顔を歪めて私を見上げる。

「蔡主計官、いいところに！　お願いです、肩を貸してください。左足を挫いたようで、歩けないんです」

慌てて駆け寄り、上半身を起こした路易の腕を取り、彼の体重をどうにか肩で支える。

「医務室に連れて行きますね。お一人ですか？　体のあちこちに擦り傷があるじゃないですか。一体何があったんですか？」

なんとか歩き始めた路易が、答える。

「春和殿の片付けを一人でしていたんです。掃除も終わりまして、最後に二階の格子戸を閉めようとしたら……。外に身を乗り出した瞬間に、後ろから誰かに突き落とされたんです」

「突き落とされた⁉　誰にですか？」

「分かりません。一人で作業をしていましたし、何より振り返る間はなくて。正面の入り口からは誰もその後出てこなかったので、裏から出て行ったのだと思います」

「ひ、人を二階から突き落とす人がいるなんて。恐ろし過ぎます」

「誰かに恨まれるようなことを、私はどこかでしたのでしょうか」

（いやいや、冷静過ぎるよ、路易さん。本人より私の方がよっぽど驚いているし）

大変なことをされたのに、どうして路易はいつもと変わらず、平然としているのだろう。

私の肩の近くで揺れる路易の掌や指は、赤く血が滲んでいる。

「あちこち怪我されてますよ！　すぐに手当てしてもらいましょう」

「二階の庇に摑まったのですが、すぐに滑ってしまって」

少し歩き始めてから、路易はやっと安心できたとでも言うような、大きな溜め息をついた。

「来てくれて本当に助かりました。あのまま永秀宮までずっと腹這いで行かなければならないかと、絶望してましたよ」

「春和殿を一旦見に行って、本当によかったです」

足を挫いている路易は、歩く度に私の方に体重をかけるので、彼が歩くのを手伝うのは、かなりの重労働だった。

庭園をやっと抜けそうになった時、路易は私の耳元でポツリと呟いた。

「――黙っていてくれて、ありがとうございます」

「えっ？　何をですか？」

「私が大雅語を話せないフリをしていたことを、蔡主計官は誰にも話しませんでした。お陰様で、永秀宮ではなかなかやり甲斐のある仕事をさせてもらっています」

「別に路易さんのために黙っていたのではありませんよ。私だけが一人でそれを主張したとしても、どなたも信じてくれなかったかもしれませんし」

永秀宮の門が見える位置まで来ると、門の前に貴妃と香麗を連れた公主がいて、辺りを見回していた。公主が私と路易の顔を見るや否や、こちらへ駆けてくる。

私達の目の前で立ち止まった公主は、円らな黒い目を見開き、私と路易を交互に見た。

「遅いから心配したのよ！　路易ったら、どこかで転んだの？」

路易が穏やかに微笑み（ほほえ）、答える。

「はい。石灯籠につまずきました。ご心配おかけして、申し訳ございません」

すぐに異論を唱えたのは、香麗だ。

路易の擦り切れた袖や手の出血を指さし、鋭い目つきで彼を見上げる。

「見え透いた嘘をつかないで。そんなに全身傷だらけなのに、自分で転んだなんてあり得ないわ。正直に言いなさい。何があったの？　まるで春和殿から飛び降りでもしたみたいに、ズタズタじゃないの！」

あまりに直球で事実に近いことを当てられてしまい、私と路易は思わず目を見合わせた。

なんと説明すべきか考えあぐねたのか「ええと、その」と口ごもっている路易の正面に立ち、公主が激しい衝撃を受けたような泣き出しそうな顔で問う。

「春和殿から飛び降りたの？　どうして？」

「飛び降りてなど、おりません。誓ってそんなことは致しません」

公主を落ち着かせようと、路易は務めて明るい笑顔とゆったりとした調子で話すが彼女は納得せず、畳みかける。

「一人で春和殿を片付けさせたのが、問題だった？　それとも、私に西加瑠語を教えるのが、嫌になってしまったの？　大雅国にいたくなくなった？」

怯えるように揺れる公主の瞳が憐れで、私は横から口を挟んだ。

「違うんですよ、公主様。路易さんは私を庇ってくださってるんです。実は私の被帛が飛んで、春和殿の一階の庇の上に引っかかってしまいましてね。路易さんはそれを二階の窓から取ろうとして、足を滑らせてしまったんです」

「本当？」と見上げる公主に、路易が優しく頷く。

ここでようやく、ずっと黙っていた貴妃が口を開いた。

「とにかく、医官に診てもらいましょう。香麗、蔡主計官に代わって路易に肩を貸しなさい」

「私はみんなに知らせてくるわ！」と公主が永秀宮の中へと駆け戻っていく。

路易を香麗に引き渡し、彼らが門で囲まれた永秀宮の中に姿を消すと、貴妃は私を振り返った。

目力のある大きな黒目が、私に向けられる。

腕を組んで首を傾ける貴妃は、明らかに私と路易の話を信じていないようだった。

「さて。本当は何があったの？　貴女がさっき言ったように、路易に被帛を取ってもらったのだとしたら、私が知っている蔡主計官なら、石灯籠の話が出た時にすぐに口を挟んで訂正していたはずよ」

確信に満ちた口調と眼差しで言い切る貴妃の流石の貫禄に、一瞬返事に詰まる。

この調子なら香麗にも嘘を見抜かれたのかもしれない。とはいえ、公主さえ騙されてくれれば、構わないのだ。いかに利発でしっかりされているとはいえ、子どもの前で事実を言うのは憚られた。

「申し訳ございません。公主様にお聞かせするのはどうかと思いまして、嘘を申しました。路易さんは春和殿の二階の窓から何者かに突き落とされたんだそうです。犯人は私も路易さんも、見ていないので誰か分からないんですが」

私が見た事実のみを端的に伝える。

貴妃は微かに眉を顰め、黒目がちな瞳を私に向けたまま、ゆっくりと数回瞬きをした。

「そうだったの。あなたが言う通りなら、可能性は二つしかないわね」

「二つ、ですか？　と仰いますと……？」

「路易や公主、もしくは私に悪意を持つ者が、彼を突き落としたか。或いは路易の自作自演かのどちらかよ」

二つ目の考えもしなかった可能性に、驚いて貴妃を食い入るように見てしまう。

万蘭宮の配属になった路易を、自身の権力を利用して永秀宮に引き抜いたのは、貴妃だ。

以来彼は公主の世話を非常に丁寧にしているし、西加瑠王国について教えてくれる教師としても、立派に役目を果たしている。

公主も持ち前の熱意と真面目さで、着々と嫁ぐ準備を進めていて、何より路易にとても懐いている。

永秀宮のそばにいくと「路易、ちょっと来て」と彼を呼ぶ公主の高く澄んだ可愛らしい声が、しょっちゅう聞こえてくるのだから。

すっかり永秀宮の一員となった存在なのに、貴妃は路易を疑っているのだろうか。

「自作自演ってどういうことですか？　落ち方が悪ければ、もっと大怪我だった可能性もありそうなのに、路易さんにどんな得があるのでしょうか？」

貴妃は塀に沿って歩きだし、考えをまとめながら話すように、手振りを交えてゆっくりと答えた。

「それには色んな可能性があり得るわね。公主の同情を買うためかしら。……でもあの子は既に十分路易を慕っているから、あまり意義はなさそうね。となると、私に対する同情を集めるためかしら。何せ、後宮の女達は今、私が李充容を殺したと思っているのでしょう？　くだらない噂は、陛下が抑えてくださったけれど」

最後の一言には、貴妃の口調に誇らしさが交じっていた。

「路易さんが永秀宮に同情を集めることで、貴妃様に不当にかけられた疑いを払拭しようとして、自分で飛び降りて被害者を装ったと?」

「最近の路易の教師としての奮闘ぶりを見れば、可能性はなくもないわね」

貴妃が立ち止まり、私を振り返る。彼女は威厳に満ちた眼差しで、私を見下ろした。

「公主には後で私から事実を話すわ。路易が誰かに突き落とされたと。蔡主計官が泥を被って矢面に立つ必要はなくてよ。路易は西加瑠王国からの献上品よ。怪我をさせたとなれば、あなたが処罰を受ける可能性もあるわ。それにどの道、医官には本当のことを言うしかないもの」

「お気遣いありがとうございます」

「さて、この一件は永秀宮にとって吉と出るかしら?」

貴妃は道なりに続く他の宮の塀に視線を滑らせ、溜め息をついた。

結果的に、この一件は吉とは出なかった。

皇帝の指示で調査が行われたものの、目撃者がおらず、犯人は特定されなかった。その反面、路易が春和殿の二階から落ちた話は、すぐに後宮中に広まった。一月も経つ頃には、一番末端の女官である肥溜め桶の掃除係まで、詳細を知っていたほどだ。

後宮では路易の転落について諸説広まったが、多くの者達が好んだのは、「路易は李充容殺しの疑いの目を貴妃から逸らすために、自ら飛び降りて被害を騙った」というものだった。なんでも彼が怪我で済み、死んでいないのがかえって怪しいかららしい。

そして混乱のうちに春が終わり、夏がやってきた頃。

私は皇城で意外な人物に声をかけられた。

内務府に向かう私を官衙の入り口近くで引き留めたのは、黒目がちな一重の瞳が凜々しい、壮健な体格の若い男性だった。

「君が蔡主計官だね。初めまして」

誰だろうと足を止めて全身を眺めてしまう。帯剣しているから、武官なのだろう。貴石のはめられた帯や、金糸で飾られた半臂といった銭の香りの漂う装いから察するに、地位の高い武官に違いない。

とりあえず素早く頭を下げ、礼を取る。

「初めてまして。お初にお目にかかります」

「私は安修媛の兄の、東方将軍だよ。妹がいつもお世話になっているね」

(なんですって。あの愛琳のお兄さん？ たしかに、言われてみれば目元が似ているわ！)

失礼ながら、顔を上げてまじまじと見つめてしまう。

三大名家の安家は貴妃の黄家と違い、宰相職と呼べる高位の文官には現在誰も就いていない。だが代わりに文官武官共に、満遍なく一族が多いのだという。

東方将軍というと柏尚書の祖父が務めた驃騎将軍に比べれば地位が劣るが、武官としては限りなく出世しているのは疑いようがない。

ちなみに愛琳の父親は朝廷にはおらず、貧乏蔡家とは違って多方面の商売に成功した大商家の主人だ。各地に荘園も持っているらしいので、生きる道が何本もあって羨ましい。

「愛琳……いや、安修媛から話を聞いていたから、君が金庫番だと、一目で分かったよ。いやはや、本当に黄金のような瞳をしているんだね」

「はぁ。こちらこそ、安修媛様にはとてもよくしていただいてます」

東方将軍は近くにあった殿舎の階の一番下の段に腰掛け、私を見上げた。どうやら私と少しこの場で話しこみたいらしい。

見慣れた瞳に親しみを覚え、私も彼の正面に立つ。

「安修媛は元気にしているかい？　最近は手紙がめっきり減ってね。母上と一緒に寂しく感じているよ」

「仲良くされていた妃嬪様が亡くなったばかりですので、少し沈まれているご様子です。

でも、もともと快活で芯のある方なので、徐々に立ち直られてきています」

「それは良かった」と呟き、東方将軍は小さく息を吐いた。

「近年我が家は、商売繁盛に力を入れ過ぎて、朝廷からは遠ざかっていてね。久しぶりに安家から四夫人を出してやる、と一族で安修媛に期待をかけているんだ」

思わず苦笑してしまう。

「どこかで聞いたようなお話です。……私の父も、私が小さな頃から、皇后になれと言うのが口癖でしたから」

すると東方将軍は声を出して笑った。吊り気味な目尻が下がり、一層親しみが湧く。

「なるほど。一歩間違えれば、君は我が家の強力な競争相手になっていたんだな。蔡家当主には申し訳ないが、君が主計官になってくれたのは、我が家には幸運だったよ」

「私にとっても、安修媛様が後宮にいてくださるのは、心強いので幸運です。いつも出張所にお菓子を持っていらっしゃって、色々と教えてくださいますし、何より一緒にお喋りをするのは私の楽しみの一つなんです」

「そう言ってもらえるとありがたいよ。ただ、あの子は……どうにも無鉄砲なところが昔からあってね」

私は宙を仰いで、思い当たる点を口にしてみた。

「東方将軍を悩ませているのは、もしや安修媛様と貴妃様とのことでしょうか？」

「ははは。よく分かったね。少し前のことだけど、あの子がとんでもない手紙を送ってきてね。あろうことか、貴妃様が李充容に贈られた菓子の中に毒が入っていたかもしれない、なんて書いてあったんだけど……」

「緑豆糕のことですかね？」

「はははは。本当によく知っているね。でも結局、あの子が一人で調べたところ、件の緑豆糕は貴妃様ではなくて、同じ万蘭宮の妃嬪が贈ったものだったと判明したんだよ。とんだ独り相撲だろう？」

私までがっくりと脱力してしまう。愛琳は勇ましく貴妃を疑っていたが、緑豆糕と貴妃は関係なかったのだ。

「緑豆糕には、毒なんて入っていなかったんでしょうね。純粋な贈り物だったんですね」

「参っちゃうだろう？　これ以上陛下のご不興を買わないよう、君からも注意をして見ていてもらえると助かるよ」

東方将軍はパチンと手を合わせ、私を拝んだ。貴妃に喧嘩を売るのは、どう転んでも得策ではない。

安家としても、改革派の黄家と保守派の李家を筆頭とする派閥争いに巻き込まれたくはないのだろう。

もちろん、第一には後宮の中での妹の立場を思いやっての行動なのだろうけれど。

「――仲の良いごきょうだいなのですね」

東方将軍にしみじみとそう言うと、彼は肩を揺らして笑った。

「いやいや。安修媛にはしっかりしてもらいたいからね。何しろ、我が家の期待を一身に背負っているからね。まだまだ先は長いようだが、私は妹が皇子の母となるのを諦めてはいないよ」

これにはまたまた、苦笑いをするしかない。

だって、それぱかりは本人の努力だけではどうしようもないのだから。

「安修媛様はとても素敵な方ですから、そのうち陛下も魅力に気づかれるはずです」

「そうだと信じたいね。もう少しお淑やかにしてくれれば、陛下の好みに近づくと思うんだけど。いや、ありがとう。君と話せて良かったよ」

東方将軍は立ち上がると砂埃のついた自分の尻を軽く叩き、ニッと悪戯っぽく笑った

「父が西域から仕入れた紅い茶を、君が気に入ってくれたと安修媛から聞いたよ」

去年、安修媛が後宮の内務府出張所に持ってきてくれた紅い茶を思い出す。香りも味も華やかで、私が気に入ったら喜んでくれたのだっけ。

「はい。稀少な茶葉なのに私のために淹れて、何度も持ってきてくださったんです」

「今度は私が東の国々から、珍しい茶を手に入れてくるから、待っていてくれ」

予期せぬ申し出に、図々しくも心躍ってしまう。

「それでは、東方将軍とっておきのお茶ですね！　首を長くして、楽しみにしております」

「おっと、これは茶を買ってくる難易度を自分で上げてしまったな」

東方将軍が爽やかに笑い、頭を掻く。

軽い立ち話の後に東方将軍と別れ、内務府に向かって歩きながら、私は天を仰いだ。

愛琳だけでなく、後宮に住む女達は皆、それぞれの身内に勝手に期待され、日々成果を求められている。

やるせなさを感じて、胸いっぱいに息を吸い込み、吐き出す。

「あ〜あ。陛下も寵愛を皆から求められて、罪な男よねぇ」

次の瞬間、私の口元に温かいものが押し当てられ、ついでに後ろから何かにぶつかられた。

すぐに誰かに手で口を塞がれたのだと分かるが、その人物が私を背後から抱き寄せているので、顔が見えない。

ドクンドクンと心臓が暴れ、突然のことに驚愕と恐怖を感じて、全身が硬直してしまう。

やがて頭上から低い声が降ってきた。

「随分と不用意な一言だな、蔡主計官。もしも陛下に聞かれたら、婚約者の私も失職してしまうかもしれない」

私の口を塞いでいた手から力が抜け、その機に乗じて慌てて振り返る。

背後に立ち、こちらを剣呑な眼差しで見下ろしているのは柏尚書だった。

最早「婚約者じゃない」などと訂正を入れる気力はない。

「すみません。つい心の中の叫びが、声に出てしまいました……」

柏尚書がチラリと顔を上げ、漆黒の瞳で私の後ろにある階に視線を走らせる。

「さっきまで、東方将軍と話していたね。私は偶然ここにいたんじゃないんだ。君に用があって、君達の話が終わるまで待っていたんだよ」

「私にご用事ですか？　なんでしょうか」

何の気はなしに尋ねる私を、柏尚書が見下ろす。

彼はなぜかすぐに答えず、代わりに口を開くのが気乗りしないような、辛そうな表情を浮かべた。

柏尚書は一度目を閉じて溜め息をつき、重そうな口を開いた。

「陛下が君を呼んでいる」

その口調から、どう考えても皇帝は私に良い話を持っているわけではなさそうだ。

皇帝は政務を行う殿舎の嘉徳殿にある、小さな書斎にいた。

書棚が壁伝いに並び、部屋の中央に長い紫檀の机が置かれ、皇帝は机を挟んで私達の方を向いていた。

初めて会った時も、年齢より落ち着いて見えた皇帝だったが、この二年間でますます達観した雰囲気を纏っている気がする。

朝から晩まで政務に励まないとならない多忙な皇帝は、相変わらず臣下の挨拶の間も待つのが惜しいのか、「拝謁致します」言いかけた私と柏尚書を止めて、さっさと目の前まで来いとばかりに大きく手招きをした。

皇帝の前の机の上には、大きな地図が広げられていた。

命じられるまま皇帝の前の机まで歩いた私は、彼が手に持っている物が視界に入るなり、そこから目が離せなくなった。

皇帝は右手に一枚の皿を持っていたのだ。広げた掌ほどの大きさで、縁には青海波の凹凸がつけられ、外周には金色に塗られている。

（また、お皿……？）

もう皿には懲り懲りだ。

皇帝は皿をひょいと持ち上げると、まずは柏尚書に手渡した。

「その皿をどう思う？」

柏尚書は受け取った皿をひっくり返して、後ろまで確認してから答えた。

「大変質が高いので烏南磁器かと思いましたが、違うようですね。縁までこれほど薄くできていれば、欠けたりヒビが入りやすくなりそうなものですが。薄くて堅そうに見えます」

「その通り。悔しいが、我が国自慢の有名な烏南磁器よりも、質の高い皿だ」

我が国というからには、この皿は海外産なのだろう。もしやと思って、尋ねてみる。

「陛下、この皿はもしかして、西加瑠王国のものですが？」

「知っていたか。その通り、これは西加瑠磁器だ。悔しいことに、どうやら大雅国の技術は最早後れをとっているらしい。——時に蔡主計官。海雲州に、西加瑠王国の商館があるのを知っているか？」

「はい。実は少し前に、内務府が西加瑠王国の食器を買い付けるために、商館に人をやりましたので。私の記憶に間違いがなければ、たしか昨年西加瑠王国の使節団が来てから、海雲州に商館が設置されたのですよね。海雲州は大きな港があって、昔から船を使った貿易が盛んな州ですので」

古くからその地で飛躍してきた羅凱率いる羅商会は、西加瑠王国の商館という強力な競合相手に、やきもきしているようだった。

「よく知っているな。商館は我が国との交流や外交の窓口としても機能しているから、余も使者を定期的に送っている。直接西加瑠王国と商売ができるようになったからか、他の州から来る商売人でも、賑やかだそうだ」

「商館を設立された甲斐があるというものです」

柏尚書が横から、軽やかな相槌を打つ。

皇帝も機嫌良さそうに頷いたが、すぐに真顔に戻る。

「実は海雲州から余に、ある陳情書が届いたのだ」

大雅国には、朝廷へ地方から直接訴えたいことがある場合に利用できる、陳情制度があった。陳情箱に誰でも投函でき、集められた書状は開封されることなく、直接皇城まで運ばれる。とはいえそもそも庶民は誰もが字を読み書きできるわけではない。必然的に陳情はある程度の教養がある者達にしか、出す術がない。更には皇帝の手に直接渡る訳ではなく、官吏が目を通して選別されたものだけが、皇帝に読まれることになる。

皇帝の視線を辿ると、地図の端に折り畳まれた紙が置かれていた。

「陳情書によれば、春に西加瑠王国の商館が、放火されたらしい。だがそんな報告は肝心の海雲州からは、なかったのだ。放置すれば、国際問題になりかねん」

「海雲州は昔から、独立心が旺盛だと聞いております。瑣末なことだと判断されて、州府も報告しなかったのかもしれません」

「蔡主計官の言う通り、海雲州は独自の経済圏や文化を築いていて、慣れていない州刺史が派遣されると意思が通りにくく、やりにくいと聞いておる。我が大雅国は大きい。特に地域によって余の権威が蔑ろにされぬよう、統治を緩めないことが肝要だ。何やらよからぬことが起きているのかもしれぬ」

私達の会話を聞いていた柏尚書が、再び口を開く。

「先日烏南州の州刺史が更迭されましたが、かの州の不正を始めたのは海雲州から来た州刺史でした。もともと州刺史は中央の官吏には人気がない仕事ですが、実入りだけはいいので一部の者達は進んでやりたがります。州刺史の任期が終わると貯めた銭で荘園を購入するものが少なくありません。そこで少々調べたのですが、任期後に荘園を購入する州刺史の中で圧倒的に多かったのが、海雲州から戻ってきた者だったのです」

「つまり他の州に比べて、際立って蓄財がしやすいということですか？　不正が蔓延っているのでしょうか」

私が尋ねると、柏尚書は大きく頷いた。不正まみれの州から来た者が、別の州の烏南州でも同じことをし始めたということか。

しかし、その放火と皇帝の手の中の皿は、どう関係するのだろう。

結びつけることができなくてじっと皿を見ていると、皇帝がやっと気がついたかのように皿を地図の上に置いた。

「もう一つ、由々しき話が余の耳に入ってな。最近、都では『何者かが西加瑠王国に、烏南磁器の門外不出の原料土を売り渡している』と噂になっているのだ」

「初耳でございます。もしや、西加瑠磁器は烏南磁器と同じ土を使って、作られているのでしょうか？」

私の素朴な疑問に対し、皇帝はすぐには答えず柏尚書に話を振った。

「柏尚書の見解は、どうだ？」

「原料に使う土を、全て我が国から持っていくとは考えにくいと考えます。土は重いですし、距離を考えれば採算が悪すぎます」

「なるほど。西加瑠磁器に詳しい貴妃にも意見を聞いてみたのだが、そもそも烏南磁器とは似て非なるものらしい。貴妃の見立てでは、西加瑠磁器は独自に開発された磁器だろうと申しておる」

皇帝の話は少し意外だった。

皇帝でも、貴妃の意見を聞きにいくことがあるのだ。貴妃のことは信頼しているのだろう。

皇帝は右手を机につき、左手を自分の腰に当てた。そのまままっすぐに私を見つめる。

「原料土についての噂の真偽が分からぬまま、西加瑠王国の悪評が広まっていくのを看過するわけにはいかぬ。李充容が急逝した原因を勝手に貴妃と結びつけて、改革派を糾弾しようと保守派が勢いづいている今、西に近づくと国益を損ねると考える者達が増える可能性もある。一部の官吏の中には、西加瑠王国の商館を閉鎖するべきだと主張する者まで出てきている。これは由々しき事態だ」

皇帝は李充容の名を口にした瞬間だけ、私から目を微かに逸らした。表立って皇帝が妃嬪の死に涙を見せたり、打ちひしがれる姿を見せることはない。

皇帝にとって、身内は後宮にいる者達だけでなく、大雅の民全てが彼の子だからだ。きっと皇太子となった時から、弱さを言動に出さないよう、厳しく己を律しているのだろう。

皇城に来て二年。

以前の私なら、「妃嬪が亡くなったのに、なんて冷たい人なの」と憤慨していたかもしれない。けれど今は、立ち止まったりましてや、後ろを向くことなど許されない皇帝に、むしろ私は官吏の一人として頼もしさを覚える。

（でも、つまり私を呼びつけた皇帝の用事っていうのは……）

「そなたは州に役人として派遣されることもないから、州府に対してしがらみがない。それに、見事西加瑠磁器と烏南磁器の違いを見極めた目の持ち主だ」

ちょっと待ってほしい。それはたまたま、皿の取り違え事件があったからだ。

開かれた地図と、話の流れに今更ながら事態を察する。

「陛下は私に、何をお命じでしょうか？」

単刀直入に聞いてみると、皇帝は人差し指で地図の一点を指した。都の白理からの距離の遠さに、指が落ちた瞬間にズンと気が重くなる。

「海雲州府への転属を命じる。州府の官吏として働き、密かに放火事件の真相を調べつつ州府を調べ、監察官に報告せよ。表向きは遺憾ながら、そなたが後宮内の争いの責任を取る形にする。貴妃と李充容の諍いの原因は、内務府の配布した皿にあるらしいからな」

皿事件については、弁解の余地がない。でも正直自分が陰で捜査をする人材として、適任とは到底思えない。想像を絶する展開に、気を失いそうだ。

（なぜ私がその仕事を？　って、台詞を秀女選抜を受けてから、何回繰り返してきたかしら……）

皇帝の命令を断るわけにはいかないが、流石にすぐに返事が出来ない。

柏尚書の反応が気になり、チラリと彼に視線を向けるが、私が二つ返事で快諾することを信じて疑わない、無感情な漆黒の瞳がこちらに向けられているだけだ。

（そ、そうよね。何かを期待した私が、馬鹿だったわ。……相変わらず、冷徹なまでに仕事人なんだから）

私の立場で皇帝に反論するなど、もってのほかだ。渋々承諾をするしかない。返事の仕方に困っていると、皇帝は付け足した。

「無論、そなたは本来内務府の大事な官吏であるし、柏尚書と結婚を控える身だ。期間は結果にかかわらず、最大で三月とする。また今回は、西加瑠語の堪能な宦官の路易に同行させる」

結婚は控えておりません、とここで訂正を入れる気力がない。

「路易も後宮の外に出すのは、もしや彼が怪我をしたからですか？」

皇帝は答えるのを逡巡しているようだった。

地図に視線を落としたまま、白理の南西に位置する海に面した海雲州に指でトントンと地図を軽く叩く。

ややあってから、皇帝は顔を上げた。

「一介の宦官とはいえ、路易は西加瑠王国からの献上品だからな。後宮内で危害を加えられて、万が一のことがあれば、西加瑠王国との友好にヒビが入りかねん」

だから、路易を一時的に外に逃がそうということか。

「――私では、あまりに力不足かと存じますが」

海雲州は鳥南州よりも遠い。二つ返事で承諾するのは、無理というもの。

だが皇帝はそれも織り込み済みだったのか、なぜか我が意を得たりと言った様子で大きく頷いた。

「たしかに、そなたは科挙を通ったわけではない。まだ就任して二年と少しの内務府の主計官では、地方の役所といえど、そなたを軽んじる者達も多かろう。本当に困った時は、従わぬ者どもにこの玉冊を開いて見せよ」

そう言うなり、皇帝は引き出しを開けて、中から引っ張り出した物を私に差し出した。

(玉冊――!? 見るのは初めてだわ)

玉冊とは、単純に言えば貴石でできた書状のことだ。手渡された物をしばし観察してしまう。

黄色い軟玉製の短冊形の板が、横に何枚も連ねた状態で上下に金属系を通して束ねられ、それが蛇腹に折り畳まれている。書状は横にグルリと何重にも巻かれた紐で、封じられていた。

大雅国では通常、玉冊は祭祀や重要な聖旨を記載する際にしか使われない。皇城に勤めようとも、滅多にお目にかかれない代物だ。

私の手の大きさほどの長さしかないものの、色んな意味で重たく感じられ、持つ手が震える。

「効力があるのは、封を開いた一度きりだ。ここぞという機会に用いるがいい」

よく見れば、閉じ紐は黄金の留金で溶接されており、紐を切るか留金を外すかしなければ開けないようだ。これでは玉冊に書かれている内容が、分からない。

「中は何が記されているのでしょうか？」

皇帝はニッと笑った。

そしてそれきり、何も言わなかった。

内務府に戻る道すがら、柏尚書は熱心に私に話しかけた。

「海雲州は、少々厄介なところだと聞いている。海運業で巨万の富を築いた地元の名士である羅家の力が昔から強く、州府も羅一族に頭が上がらないらしい」

「羅家って、あの羅商会を経営している一族ですよね。そんなに海雲州では名門の一族だったんですね」

「羅凱はその当主だ。まさか白理支店で彼の顔を拝めるとは、思ってもいなかったよ」

「あの奇想天外な方が、海雲州ではそんなに重要人物だったとは」

「都から海雲州までは、五日もかかる。こちらでも西加瑠磁器や海雲州について、できる範囲で調べようと思う。何か分かれば私が馬を飛ばして、知らせるよ」

多忙な柏尚書が遠い州まで行けるのかは疑わしいが、とりあえず「ありがとうございます」と礼を言っておく。

「正直なところ……まだ働き始めて数年の私は、この任務に適任とは思えないんですが」

不安を打ち明けるが、柏尚書はなぜか確信に満ちた表情で言った。

「そんなことはない。蔡主計官の日頃の仕事ぶりを評価しているからこそ、陛下が抜擢なさったんだ」

心の中で、う〜んと唸る。柏尚書から、そんな言葉を聞きたいんじゃない。

「弱気になることはない。君はあの潰れかけた蔡織物店を立て直したじゃないか。海雲州府を、織物店だと思えばいい」

あの路易さんと、やたら大きくて不審な織物店に勤める……。なかなか想像がしにくい状況だ。

(今は柏尚書から、もっと違う言葉が欲しいのに)

それがもらえなくて、苛々してしまう。

「出発の日は、見送りに行こう。餞別に朱墨と硯を持っていくから……」

「結構です」

きっぱりと拒絶して私が立ち止まったので、柏尚書が話すのをやめ、目を見開く。

私はようやく、自分がなぜ苛立っているのかが分かった。

(三月って、凄く長いじゃない。この前の烏南州への出張も何も言ってくれなかったし)

柏尚書を睨み上げ、すぐ後ろの殿舎を指差す。

「戸部に着きましたよ。——なんだかんだ言って、柏尚書が私と長期間会えなくなることを、なんとも思われていないのは、よく分かりました。お忙しいでしょうから、別にお見送りはしてくださらなくて結構です」

柏尚書が慌てた様子で口を開きかけるが、今は彼の言い訳を聞きたくない。私は顔を背けて内務府の殿舎目がけて駆け出した。

(言っちゃった。——だって、つい、我慢できなくて……)

官服を着ている間は、戸部尚書としての責務第一で柏尚書が動いているのだから、それ以外を期待するのは間違っているのに。

分かっているつもりだったけれど、苛立ちが大きくなるのを止められなかった。

走りながら、一歩一歩後悔が膨らんでいく。子どもじみた態度を取ってしまった。呆れられただろうか。

後ろから柏尚書が私を呼ぶのが聞こえたが、自分が言ったことが恥ずかしくて、振り返ることが出来なかった。

蟬の鳴き声が聞こえる。

眩しい日差しに目をすがめ、顔を上げた私の前に停まったのは、内務府の馬車だ。派手な装飾はなく地味な馬車だが、頑丈で大きい。

海雲州に行くために使うのは、内務府の所有する馬車だった。

後宮から路易を乗せてきた馬車が、蔡家までやってきて私を拾う。

長丁場になるので、たくさんの荷物を車内に運び込まねばならない。

皇帝に海雲州の地図を見せられてからの十日間は、白理を離れる準備に連日、朝から晩まで忙殺された。内務府内での手続きや作業が多く、出向の話を聞いて心配してくれる妃嬪達にも、会いに行ける時間がなかったのが悔やまれる。

両親は西域の人を見るのが初めてだったため、私達を手伝おうと車内から降り立った路易を見て、絵に描いたようにあんぐりと口を開け、しばらく庭先で立ち尽くしていた。

「私が中に積み込みますね」と路易に声をかけられ、二人はハッと我に返って動き出す。

「あなたが路易さんね。月花がいつもお世話になっております。どうか月花をよろしくね」

頭を下げる母に向かって、路易も慌てて頭を下げる。まるでどちらがより深く下げられるかを競ってでもいるかのように、ぺこぺこと二人で何度も下げているのがおかしくて、思わず笑ってしまう。

我が家の猫・尾黒が前庭まで駆け寄ってきて、私の足元で脇腹を押し付けながらクルクルと回って甘えてくる。柔らかくて温かな尾黒が可愛くて、両手で抱き上げて頬擦りをしてやる。

「尾黒、いい子にしてるのよ。しばらく家を空けるけど、私のこと忘れないでよ」

ニャーと絶妙の間合で返事をしてくれるのがまた、たまらなく可愛い。

全ての荷物を運び入れ終え、馬車に乗り込むと母が追いかけてきて、何やら布巾で包まれたものを私に差し出した。

「馬拉糕(マーラーカオ)よ。持っていきなさい。お腹(なか)が空(す)くでしょう?」

蒸し上がったばかりなのか、ほかほかに熱い。右手と左手で交互に持たないと、火傷しそうだ。

「ありがとう、お母様。路易さんと食べるわね。二人とも、尾黒をよろしくね」

「もちろんよ。家のことは心配しないで」

こちらに手を振る両親に手を振り返す中、馬車が出発する。

(考えてみれば、残業で家に帰らなかった夜を除けば、外泊は久しぶりかもしれない。しかも長ければ三月も戻れないなんて)

実家を離れることを寂しがる年齢ではないが、門の前に並んで立つ両親が少し淋(さみ)しげに別れを惜しんでくれると、切ない気持ちになってくる。

片手で抱える馬拉糕が、凄く温かい。

馬車が蔡家を離れて走り出すと、路易は陽光を浴びた湖のような碧(あお)い瞳を細めて言った。

「お優しそうで、凄く素敵なご両親ですね」

「ありがとうございます。でも実際は……父は抜けているし、母は結構厳しい人なんですよ～？」

路易はくすくすと笑ったが、その目はどこか寂しげに見えた。

（路易さんのご両親は、どこで何をされてるんだろう。そういえば、ご家族の話は一度しか聞いたことがないな……）

生まれた国は滅びたと聞いている。そして、路易自身は王族だったのだと。彼の容姿が際立っていたことだけでなく、出自が珍しがられたからこそ西加瑠王国に拾い上げられた……こうして私と揃って海の街に左遷されるという、今に至っている。

私が物思いに耽っていると、路易が急に腰を上げ、車体の横にある小窓に近づいた。

小さく開けられていた窓に顔を寄せ、外を覗いている。

碧い双眸をパチパチと瞬き、見えているものをよく確かめようとしているみたいだ。

「路易さん、どうかしましたか？　外に何が見えるんです？」

私の質問を受け、路易が小窓から少し離れて場所を開けてくれた。

小窓の外からは、点のように小さくなった蔡家の門が見える。両親はもう家の中に入ったのか、姿は見えない。そしてその少し手前に、皇城で毎日見慣れた紫色の官服を着ている男が立っている。

「あれは、もしかしてあそこにいるのは……」

「戸部尚書の柏偉光様とお見受けします」

どうしてあんなところに？　という疑問が咄嗟に頭の中に浮かぶ。だが答えは分かりきっている。

私を見送りに来てくれたのだ。

（でも、私が来るなと言ってしまったから、堂々と来られなかったんだわ。気づかれないように、こっそり見に来たんだ……）

今なら、烏南州への出張が決まった時に、柏尚書がどれほど出発前に忙しかったかが、分かる。それに調査というものは、ある程度秘密裏にことを進める方がうまくいくのだろうから、事前に周りの人々に話ができなかったのかもしれない。まさしく、海雲州に赴く私のように。

窓にへばりついて、遠ざかる柏尚書を見つめる。遠くて目線までは確認出来ないが、彼はずっとこちらを向いている。

「馬車を止めますか？」

「……いいえ。気を遣わせてしまって、すみません。大丈夫です」

合わせる顔がない。戸部の殿舎の前で一方的に怒った自分が恥ずかしい。

柏尚書に公私混同をしろと言ったようなものだ。立場上、できるはずがないのに。

やがて柏尚書が確認出来ないくらい遠ざかり、私は溜め息をついて座り込んだ。脱力して俯いた自分の顔を、両手で思いっきりパンパンと叩く。

（しっかりしろ、蔡月花）

これから遠い、縁もゆかりもない州府に乗り込むのだから。

第三章　皇城から来た金庫番は、歓迎されない

私は蔡織物店の商品の買い付けで、州を跨いだ移動を何度もしたことがある。

長距離の移動というのは、いつもいろんな意味で大変だ。

大雅国は複数の州ごとに関所が設けられている。

州を越えて移動する者は、関所で公的証明書を見せる必要がある。大抵は「過所」と呼ばれる証明書を移動のためにあらかじめ一通作り、関所の役人である関吏に見せなければならない。

何度も関所を通ってその度に長蛇の列に並んで足止めをくらい、都を出てから六日目。

私と路易はようやく海雲州に到着した。

馬車から降りると、そこはもう別世界だった。

生温かい風が吹いていて、気のせいか潮っぽくベタベタしている。

周囲を見渡しながら、興奮のあまりふらふらと車体から離れる。

「風光明媚っていう言葉がピッタリね」

道幅は広く、両側に立ち並ぶ建物は色彩豊かだった。

木造の家屋の上に載る瓦は一軒ごとに個性豊かで、朱色や青、黄色や灰色と様々だった。

馬車を停めたのは州府の近くの繁華街で、通り沿いには商品が並べられ、往来も多く賑やかで、何より道ゆく人々の容姿に驚く。目や髪の色が大雅の民のような黒ではなく、赤や薄茶で、瑠璃のように透き通る瞳の人々までいる。

近くを褐色の肌を持つ男性が通り過ぎ、失礼かと思いつつも目で追いかけてしまう。

同じ大雅国出身と思しき道ゆく女性達も、白理のように流行に乗って似たような装束を身につけたりはしないのか、個性豊かだ。一般的な襦裙よりも裾が大きく広がったものや、袖の一番下に外から見えるように柔らかな生地を縫いつけ、そよがせていたり。

私の前に広がっているのは、雑多でそれでいて風情がある街並みだった。

州府の建物も例外ではなく、薄灰色の壁に紺色の瓦が映え、建物を取り巻く白い塀には貝殻が装飾として埋め込まれている。

「流石は海沿いの州ね。龍宮城に来たみたいだわ」

「それでは、早速龍宮城の中にお邪魔させていただきましょうか」

路易がおどけてそう言い、最小限の荷物だけを肩にかけると私達は州府の正面入り口に向かって歩き始めた。

珊瑚（さんご）の模様の刻まれた白い階（きざはし）を上り、州府の建物に入る。

数歩進むだけで、私達――正確には路易は大層な注目を浴びた。

諸国との海の玄関口である海雲州であっても、黄金の髪と碧の瞳は珍しいのだ。

入り口には長机が置かれ、来訪者への案内係と思しき若い男性が座っていてこちらを見上げている。

男性と目が合ったので、にっこりと笑って見せる。第一印象は大切だ。私は軽く会釈してから、彼に話しかけた。

「こんにちは。白理から来たのですが、今日からこちらに赴任して参りました蔡月花（げっか）と申します。営繕局（えいぜんきょく）はどちらでしょうか？」

私が配置されたのは、州府の営繕局という部署なのだ。

するといかにも新人といった雰囲気の若い男性職員は、座ったまま特に会釈もなく話しだした。

「あ～、本当にいらしたんですね！　皇帝陛下のお怒りを買って、皇城から地方に飛ばされる人なんて、まさかそんな人がいるはずないと思っていたのですが」

笑顔をたたえていた頬が引き攣（つ）る。

（そ、そんなことを面と向かって言っちゃう？　たしかに私は後宮の争いの責任を取らさ

れたことにはなっているけれど。異動の原因が州府の職員に筒抜けなのね）

実際は目的があって皇帝から直々に頼まれた任務で州府に来ているのだが、表向きの私達は悲しいかな左遷された憐れな官吏なのだ。

「州府の皆で、賭けをしていたんですよ！　本当に来るか来ないか。ほとんどの職員は『大左遷されて恥ずかし過ぎて、中央の官吏が州府になんて、顔を出せないはずだ』って来ない方に賭けたんですが、僕は来る方に賭けたんで、嬉しいです！　ありがとうございます」

そんなことに礼を言われても。

「ご期待を裏切ることにならなくて、良かったです」

「いやいや、みんなお二人には期待してないですから、そんな気張らずとも大丈夫ですよ！」

どうしよう、この人凄く苦手だ。自分の発言の失礼さに気づいていないのか、もしくは微塵も気にしていないみたいだ。

「よっこらしょっと。営繕局にご案内しますね。仮にも皇城からいらした方には、州府は狭苦しくてやり甲斐のない仕事かもしれませんけど」

男性職員はここでやっと立ち上がり、州府の中を歩いて私達を先導し始めた。あくびをしながら奥へと進み、結構な態度だ。

出だしを張り切ろうにも、既に私達の評判が地に落ちている。

ちょっと想定以上にやりにくい状況だ。海雲州府での初日に、不安しかない。

（どうしよう。この見知らぬ土地で、皇帝陛下の期待になんて応えられるかしら？）

私達は、机がたくさん並べられ、多くの職員が働く区画や部屋を通った。

皆仕事の手を止め、興味津々と言った風情でこちらを見つめている。

私と路易が浴びているのは蔑みや憐れみ、そして関わりたくないという、距離を置いた視線だ。

職員達は皆、揃いの藤色の官服を着ている。私は内務府で着ている黒い襦裙に袖を通してきたので目立ってしまい、ソワソワして仕方がない。

私達は職員が詰める賑やかな大部屋を突き進み、シンとした廊下に出た。応接や会議に使われるらしき今は無人の部屋が並ぶ区画を通り、古びた扉の向こうの小さな部屋に入る。

文書を書く際に使われる部屋なのか、棚には墨や硯（すずり）、そして大量の紙が置かれていた。

そして、窓際には棚と壁に挟まれた形で長机が二台。椅子は塗料が剝げ、棘（とげ）が飛び出ている。

（こ、これは……、嫌な予感しかしないわ）

男性職員は長机の前で立ち止まり、くるりと私達を振り返った。

「お二人はここをお使いください。あまり使われていない書写室ですが、一応掃除はしておきましたんで」

「ここですか⁉　そもそも営繕局はどこにあるのでしょうか？」

驚きの声を上げたのは路易だ。それに対し、男性職員はつまらないことを聞かれた、とでも言いたげに自分の帯飾りの位置を直しながら答えた。

「営繕局なら、さっき通り過ぎましたよ。二台も新たに机を入れるのは、配置上難しかったそうです。なんと言うか、端的に言えばお二人にやっていただく業務は特にないらしいんで」

「ないって、どういうことですか？」

路易が碧(あお)い目を瞬(しばた)く。その色の珍しさに多少心を動かされたのか、男性職員は数歩前に踏み出して路易と距離を詰めた。そのまま声を落として、路易に向かって呟(つぶや)く。

「正直に言っちゃいますとね、この部屋は『追い出し部屋』と呼ばれてるんです。追い出したい職員をここに追いやり、本人に辞めたいと言わせて円満に雇用を切るのに使われる場所なんですよ。要は、人材の墓場ですね」

なるほど。

私と路易は絶句するほかなかったが、自分達が置かれた状況ははっきりと自覚できた。

皇帝のお怒りを買って地方に放り出されたらしい私達は、州府にしてみれば単なる厄介者に過ぎないのだろう。仕事を任せるのも怖いし、自主的に州府を辞めてもらい、ことを荒立てずに私達を追い払うのが一番だと考えたのだ。

ここまで態度が明確だと、自分達の立ち位置が滑稽過ぎて、むしろ笑える。

男性職員は書写室から出て行こうとしかけて、一度立ち止まってこちらを振り向いた。

「あ、官服は後でお渡ししますんで、明日からも出勤されるおつもりがあるなら、それを着てきてくださいね」

(出勤するに決まっているでしょ。何て言い草なの)

転入職員への説明は終わったとばかりに、スタスタと歩いて男性職員が自席に戻っていく。私と路易はその背中を見送って、しばしの間呆然と立っていた。ややあってから、路易の白い横顔にはっとさせられる。

(二人で愕然としていると、余計虚しくなっちゃうわ。州府ではこれ以上落ちようがないところまで落ちたんだから、ある意味気が楽かもしれない。後は失敗しようが現状維持か、うまくいけば浮上するかのどちらかになるのよね?)

縁もゆかりもない州に道連れにしている路易を、今元気にできるのは私しかいない。おこがましいかもしれないが、私なりの使命感に駆られ、自分を奮い立たせるために両手で拳を握り、力強く連れを見上げる。

「路易さん、私達は追い出し部屋に押し込められようとも、絶対にやめませんよ。きっちり三月後の期限まで、図々しく居座ってやりましょうね」

路易は血が透けるんじゃないかと思えるほどの顔色で、こちらを振り向く。

「まさか、こんな仕打ちを受けるとは」

人材の墓場にふさわしく、周囲と切り離された州府の孤島のような空間を見回す。

「恐ろしく静かですけど……考えようによっては、かえって好都合かもしれないです。仕事を押し付けられないなら、勝手に動けばいいですし。想像してみてください。業務がないのにお給料をもらえるなんて、座ってるだけでジャラジャラ銭が降ってくるようなものですよ？」

満面の笑みで路易を元気づけてみるが、彼から引き出せたのは猛烈に引き攣った薄笑いだけだった。

配属された海雲州府で何も期待されていないとはいえ、本当に書写室の一角で、座って過ごすわけにはいかない。

皇帝からの密命があるのだから。

都から持ってきた文具類を机に並べ、椅子の座面に小さな絨毯を敷く。大きな木の下に山羊がいる模様の入った羊毛のもので、後宮の妃嬪達から贈られたものだ。座布団と同じ大きさで小さいため、持ち運びやすくて重宝してしている。

これさえ敷けば、どこであろうと私の居場所に早変わりだ。普段身の回りに置いている物に囲まれるのって、大事なのだ。

分厚く織られた表面の山羊達を撫で、顔を上げる。

路易は本棚を見上げて、書写室の中をうろついていた。

「路易さん、それじゃ早速州刺史に挨拶に行きましょうか。この扱いじゃ、今日を逃したら多分、この先会ってもらえる口実が作れないわ」

「蔡主計官は、肝が据わってますね」

「やけっぱちになっているだけですよ。ここまで雑に扱われると、清々しいほど開き直るしかないと思うんです」

路易は一旦黙り込み、顎に手を当て何やら考えてから口を開いた。

「もう蔡主計官とは呼べませんね。こちらでは、私達は表向きは何も業務がないそうですから、『蔡雑用係』とでも呼びましょうか？」

「それいいですね！」と答えると、路易の口元にようやく爽やかな笑みが広がった。

皇城から持参した、吏部の発令した自分の辞令を両手に持ち、路易を率いて書写室を出ていく。

州刺史の執務室は州府の一番奥にあった。

辞令を抱え、州刺史に会いに行こうと勇んでやってきた私だったが、秘書らしき中年の女性職員はすげなく言った。

「州刺史は今、外出されています。羅凱様と港の視察に行かれているので、もう少しすれば戻ると思いますが」

(早速、羅凱の名前をここで聞くとは。州刺史とお出かけなんて、随分懇意にしているのね)

州刺史がどんな人物なのか見ておきたかったが、不在なら仕方がない。

その足で真っ直ぐに営繕局へ向かう。

大勢の職員が机を並べて仕事をしている大部屋に戻り、営繕局の場所を聞いた私は、とりあえずそこにも挨拶に行くことにした。

路易は相変わらず注目を集めていたが、彼がいると面白いほど全員の視線が私を無視してくれるので、慣れない場所でも堂々と突き進むことができる。

営繕局は州府の大部屋に配置されており、各々が手を広げて回ってもぶつからない程度には、ゆとりのある空間が確保されていた。

どう見ても二人分の席を新たに入れる場所がないほど、狭くはない。

納得できない気持ちが迫り上がるのを我慢し、十人ほどの職員の前に立つ。

「皆様、初めまして。内務府より参りました、蔡月花と申します。本日着任致しましたので、よろしくお願い致します」

一番近くに座っている中年の男性が、口を開く。

「あんた、皇帝陛下のお気に入りだったのに、ご出産したばかりの妃嬪が亡くなった責任をとらされたんだって？」

「えっ？」と聞き返す間もなく、彼の向かいの席の別の職員が口を挟む。

「いや、違うよ。俺は後宮の春和殿で、宦官と密会していたからだと聞いたぞ」

「どちらも間違っています！　そんなことは、していません」

否定するためについ大きな声を出してしまう。

後宮での出来事が、歪曲されて伝えられているらしい。

営繕局の一番奥に座っている男――席の位置からして、局の責任者と思しき男が、勿体ぶってやっと話しはじめる。

「悪いが今、営繕局は人手が十分あってねぇ。業務分担が決まったら声をかけるから、それまで適当にやっててくれ」

要するに、私達の世話をする気はないのだろう。

面倒な身の上の私と路易にこれ以上関わりたくないのか、話は終わりだとばかりに皆が視線を私達から逸らす。

（ここで引き下がっちゃだめよ、月花。あと一歩踏み込まなくちゃ）

私はもう一歩彼らの机のそばによると、社交的な笑みを披露しつつ、言った。

「ところで、ヤスリを貸していただけますか？　椅子が棘だらけなので、磨こうと思いまして」

「あ〜、はいはい。どうぞ。書写室の隣に雑品庫があるから、そこから適当に取りなさい」

「ありがとうございます。勝手に出入りさせていただきます」

書写室の周りも偉く静かだと思っていたが、隣は雑品庫だったらしい。

雑品庫の奥には、棚いっぱいに巻物が山積みにされた、書庫があった。

（ここに書庫があったとは。いいことが分かったわ）

中に何があるのか、後でじっくり見させてもらおうじゃないか。

金属製のヤスリを見つけ出して、さっさと書写室に戻り、自分の椅子にヤスリ掛けを始める。何しろ棘だらけで、軽く手をかけるだけで手に刺さりそうなのだ。

ゴリゴリ音を立てて磨き、フーッと吹いては木屑を飛ばす。最後に手を滑らせて、表面が間違いなく滑らかに磨かれたことを、確認する。

汚れないように避難させてあった遊牧民お手製の絨毯を座面に載せ直し、床に箒をかける。

「よし。これで職場環境が少しはましになったわね」

私達は隣の部屋にも出入りが自由だと、お墨付きをもらったばかりだ。

ついでに書庫に行かない手はない。

まずは州が税金を誤魔化していないかを、調べたい。私腹を肥やす州刺史が多いということは、税金をピンハネしている可能性がある。

私は書庫と書写室を行き来し、州税の記された巻物を抱えて、不正備蓄に繋がりそうな大きな銭の流れを、片端から潰していった。

幸い、誰も私達の様子を見にもこないので、邪魔する者はいない。

街中の店舗に限れば、帳簿というのは付け方が店舗によって千差万別だが、州府は内務府を始めとする中央の役所と同じ規則と体裁の帳簿を作っているので、読み解いていくのは苦労しない。人差し指を数字に乗せ、目で追うのと同時に紙の上を滑らせていく。

路易は帳簿を読み解く代わりに、計算や記録を担当した。帳簿をめくるにしても、もしもある程度不正が疑われる項目に当たりがついていれば、調べやすい。だが今回は引きになるネタがない。そうなると網羅的に調べていく必要があるのだ。

（早く終わらせて白理に帰りたいけれど……。これは、相当時間がかかりそうだわ）

長そうな道のりに、思わず溜め息が漏れる。

外の廊下からドカドカと足音が聞こえたのは、その時だった。

路易と顔を見合わせ、帳簿類を引き出しに隠す。

「失礼します」と言う声と同時に、扉が大きく開かれた。

扉の向こうに現れたのは、三人の男性だった。一番前を歩き、後ろにいる二人を案内してきたのは、私と路易をここまで連れてきてくれたやや……いや、かなり失礼な男性職員だ。彼は後方の二人の男性に何度も頭を下げてから、私に言った。

「州刺史と羅凱様をお連れしました。お二人ともご多忙の中、わざわざご足労くださいました」

男性職員が一歩身を引き、後ろにいた人物と私の目が合う。

（まさか海雲州に来た初日に、凱さんが私達に会いに来てくれるなんて）

凱は大股で私の方へ向かって歩きだした。相変わらずの自信溢れる足取りで、威風堂々とした風格は健在だった。

茶色の髪は都で見かけた時と同じく、後ろの低い位置で簡単に一纏めにされていた。

凱は私の目の前まで来て、輝く白い歯を見せてニッと笑った。

「お久しぶり。ようこそ、我らが美しく誇り高い海雲州へ」

今日の凱の衣装は派手さはないものの、やはり一筋縄では行かなそうな人物だと思う。

まだそれほど交流がないのに断じるのは失礼かもしれないが、絶対に彼は面倒臭い人物だ。

なぜなら、今日の凱は禁色の衣を纏っていた。大雅国では古来、黄色の衣は皇帝だけが着用を許されるのに。

(中央から派遣された州刺史が、それを知らないはずがないわ。なのに、凱を注意しないのね)

凱のこの地での力の大きさと、州府との上下関係がはっきり分かった気がする。

早々の再会と、皇城の官吏であればひっくり返るようなご法度に、動揺のあまりぎこちない動きになりながら、どうにか頭を下げる。

「お久しぶりです。今度は私の方が海雲州に来てしまいました。どうぞよろしくお願い致します」

「いいって、いいって。堅苦しいのはナシ」

太い客と店の主（あるじ）という立場が崩れたからか、凱は前に会った時とは打って変わって、砕けた態度だ。敬語を使う彼より、こちらの方が似合っていて自然かもしれない。

「我らが海雲州が周りからなんと呼ばれているか知っているだろう？　『大雅の真珠』や『海雲州を見て死ね』と評判の州なんだから。美しい海雲州を、白理からいらした黒猫殿に見せることができて、大変光栄だよ」

私が黒猫と呼ばれていることを、なぜ知っているのだろう。すると、後ろにいた胡麻塩（ごましお）頭の中年男性が噴き出す。

「黒猫！　言い得て妙ですな。黒猫どころか今や捨て猫ですから、本日から州府では捨て猫窓際番、とでも呼びましょうか」

何が面白いのか、前にでっぷりと出た腹を揺らしながら、失礼にもガハガハと笑っている。その中年男性に向かって、凱が落ち着かせるように言う。

「まあまあ、州刺史。それは流石（さすが）に不名誉なあだ名だな」

どうやらこの感じの悪い中年男性が、海雲州の州刺史だったらしい。

呼びかけられた州刺史はふんぞり返るように背筋を伸ばし、私に言った。

「蔡君。くれぐれも面倒ごとは起こさないでくれよ。まったく、中央も処理に困ったからと厄介な人材を地方に押しつけおって。西加瑠王国の商館ができてから、いくら商館に外交窓口としての役割があるからとは言え、やたら中央から人が派遣されてきて実に迷惑なことだ。挙句に今度は、州府にまで人を送り込んでくるとは」

州刺史も中央から異動で来ているというのに、随分地方の立場でものを言うのだな、と驚いてしまう。彼は顔の肉に埋もれそうな目を、警戒気味に更に細めて続けた。

「皇帝陛下もなぜ大切な公主様を、異国に嫁がせようなどとお考えなのか。西加瑠王国のような歴史の浅い国と縁戚関係を結べば、大雅国の名を下げてしまいかねん」

皇城からは遠く離れているという解放感がそうさせているのか、もしくは海雲州での滞在が長くなって中央の官吏としての感覚が麻痺してきたのか、露骨な皇帝への批判に、こちらは血の気が引く。近くにいる路易が緊張のあまり、ごくりと生唾を嚥下する音が聞こえる。

私と路易の間の張り詰めた空気を一切無視し、凱が州刺史に同調して何度も頷く。

「西加瑠王国の商館については、全く同意見だな。近頃は州外の商人が大挙して西加瑠王国の商館にやってきて、海雲州での商売に興味を持ち始める始末だ。羅商会としては、うるさい蠅どもが飛んできてたまらん」

「本当に申し訳ございません」と州刺史が邪魔そうなお腹を苦しげに曲げ、なぜか凱に頭を下げている。彼は頭を上げると、一転して横柄な目つきで私と路易を睨(にら)んだ。

「君達は白理で一度お会いしているようだが、こちらにいらっしゃるのは、海雲州の名士でいらっしゃる羅凱様だ。海運業を営んで州の発展に尽くしてこられた、偉大なる太陽のごとき羅家の若き当主にあらせられるから、失礼のないようにな」

「はい。お二人とも、よろしくお願い致します」

ペコペコと頭を下げる私と路易の肩を叩(たた)き、凱は豪快に笑った。

「可愛(かわい)い黒猫殿に、美しい白猫殿。今から、我が州の見どころをご案内しよう！」

――舐(な)められている。

どうやら都から来た私と路易は、今や完全に頭から尻尾まで、この凱に舐められているようだ。

凱は私の肩に腕を回すと「ほれ、行くぞ！」と勇ましい掛け声を上げて私を強引に押していく。

「い、今からですか!?」

「もちろん。どうせ仕事はないんだろう？　それに善は急げと言うからな」

上司中の上司であるはずの州刺史の反応を窺(うかが)うが、彼は「偉大なる太陽のごとき羅家」の凱様に物申すつもりなど欠片(かけら)もないのか、何も言わない。というより、私達に関心すらないのかもしれない……。

抵抗する暇もなく、凱が私達を書写室から連れ出す。

後ろからついてくる路易は、私の袖をしっかりと摑んでいた。

この時ほど、海雲州に路易が一緒に来てくれたことを心強く感じたことはない。

「羅凱さまぁぁぁ！」

「キャー！　羅凱様が、白い美男子を連れているわ！」

もう何度目かの、喚声が道端から上がる。

道ゆく女性達から黄色い声を掛けられている凱は、爽やかな笑顔を浮かべて右手を上げ、彼女達に応えている。

私達は州府に隣接する市場を散策していた。

凱の野性的な風貌とそれに対照的な甘さのある大きな瞳は、どうやら一部の女性達を惹きつけてやまないらしい。

本人は慣れているのか、女性達から浴びせられる注目を、余裕の表情でサラリと流している。

凱に対する私の予想は、見事に的中していたらしい。

市場は人が多い上に、案内してくれる凱が更に無駄に人を引き寄せるため、歩きにくかった。

それでも、海雲州の市場は五感で違いが分かるほど、都のそれとは違っていた。

甘く刺激的な香辛料の香り。

一枚布で出来ているような、変わった民族衣装を纏う肌の色がそれぞれ異なる売り子。

楽器を売る屋台の店主が奏でる、不思議な笛とその旋律。

近くの港から吹き渡る、潮風の温さ。

凱は余程ここの住民達に慕われているのか、彼と連れ立って歩くだけで、通り過ぎる店の店主達が「これ、召し上がってください！」と嬉しそうに商品を差し出してきた。

私と路易の分も気前よくくれるので、まずは現地の視察も重要だとばかりに、遠慮なくいただいて頬張る。

串刺しの羊肉は、噛み締めると口内に複雑な香辛料の香りと、濃厚な肉汁が広がる。

「私、羊の肉を食べるのは初めてです。こういう異国情緒溢れる食べ物は、格別美味しく感じますね」

未知の味なのに、頭の中が一斉に興奮するほど美味しい。

律儀に一つ一つの感想を述べる私に、凱はいかにも満足そうに大きく首を縦に振る。

「そうだろう？　ここで売られているのは、全部羅家が船で仕入れてきた物だ。俺の家は代々、海路を使って大雅の絹織物を世界に向けて売り、代わりに我が国にはない稀少な商品を持ち帰ってきたんだ」

誇らしげに語る凱を見上げ、串に刺さっていた最後の羊肉を呑み込んで話しかける。

「海雲州の活気は、羅家の貿易がもたらしているんですね。羅凱殿のような方が各地方にいらっしゃれば、我が国はどれほど発展することでしょう」

私の賛辞に気をよくしたのか、凱は心底嬉しそうに言った。

「羅家は、海雲州の発展に貢献してきたつもりだ。こうして中央から来た二人に、海雲州の発展ぶりを見せることができて、商会長として光栄だよ」

「海の玄関口として人と物が出入りすることで、ここまで賑やかになるものなんですね。熱量で言えば、都で一番の桃下通りの上を行っていると思います」

ただ、市場全体が活気づいているかといえば、そうでもなかった。つい異国情緒溢れる様子にばかり目が奪われてしまいそうになるが、よくよく見れば、綺麗な家屋だけでなく、古くて崩れそうな家屋も点在している。それに、行き場のなさそうな人々の多さが、随分目立つ。

煌びやかな格好をした人々が買い物を楽しむすぐ脇で、ボロを纏った男が無表情に道に視線を投げている。大通りと交差する脇道に注意を向けると、道端のそこかしこに生気なく座り込んだり、背負った今にも破れそうなほど使い古した布袋に拾った物を集めるボサボサ頭の子どもを見かけた。

（貧富の差がかなりあるのね。身を寄せる場所がない人々はどこの街にもいるけれど、ここはケタ違いに多いみたい）

沓もなく、裾の擦り切れた裙から骨の浮く足を覗かせる女性の虚な目の前で、裕福そうな夫婦が娘に銀の髪飾りを買い与えている。その光景に目眩を覚えるが、恐らくここの住人達は何も気にしていない。

貧しい者達を視界から締め出しているのだろう。

凱に愛想よく笑顔を振り撒いている者達がたくさんいる一方、しっかり観察していると、一部の人々は彼を睨みつけていることに気がつく。支持者とそうでない者に、はっきり分かれるらしい。

「あの店は、随分荒らされていますね。閉店したんでしょうか？」

路易が私に体を寄せ、こっそりと耳打ちしてくる。彼の視線の先には、半分崩壊した店舗があった。屋台ではなく頑丈そうな瓦を葺いた木造の店舗なのだが、見るも無残な姿になっている。両隣の店舗は何の異状もなく経営しているのに、そこだけは壁に穴があけられ、窓には燃やされたような痕すらあるではないか。

気になって近づいてみると、店内の商品はほとんどが棚から落ちて壊れ、中には至る所に「全部不良品」だとか「最悪の店」など悪口が書かれた板が打ち付けられ、中でもひときわ大きな字で「裏切り者は出ていけ」と殴り書きされているのがおどろおどろしくて、ぞくりと寒気がする。

「ら、羅凱さん、あのお店ってどうしちゃったんですか？」

見過ごすことができずに尋ねてみるが、凱は何でもないことのように肩を軽く竦めた。

「ああ、あの店は多分西加瑠王国の商館から買いつけた商品を、取り扱ってしまったんだろうな。どの地にも、不文律があるだろう？　それを軽視した者の末路だよ」

どういうことなのか分からず、反応に困る。店舗の不気味なまでの荒らされぶりと、意にも介さず飄々と歩き続ける凱の温度差を、私の中で消化できない。

私と路易は頭の中を疑問符だらけにして、凱と歩いた。

凱は私達を連れて、一軒の小さな店の前で足を止めた。

庇の下に金属の看板が掲げられており「胡百貨」と書かれている。

店主は看板の通り、大雅や西加瑠王国よりも更に西の地域に住む人々である胡人のようで、大変顔の彫りが深く、男性と思えないほど睫毛が濃くて、尚且つ長い。

店頭に並んでいるのは、小瓶に詰められた赤や茶色の香辛料の粉や、金銀眩しい貴金属だ。高坏や壺、果ては何人分の食事を載せるのか分からないくらい大きな皿もある。

一歩引いて辺りを見渡せば、隣の店は北の国々から取り寄せた品を売る店のようで、象牙に似た立派な海象の牙や、彪の毛皮が吊るされている。

つまり、ここには西の国の商品の隣に、北の国の商品が並んでいるのだ。一瞬自分がどこにいるのか、分からなくなる。

発展と熱量は無秩序と混沌が作る土壌から、生まれるらしい。

「ほら、これなんてその琥珀色の瞳にお似合いだ！」

市場の様子に気を取られていると、突然凱が私の首元に首飾りを当てた。

大きな黄色い貴石がはめられた黄金製のもので、夕暮れ前の屋外に眩しい。海雲州の中で富める者の頂点に立つであろう目の前の男の言動に、再び目眩を覚える。

「……素敵ですが、豪華過ぎて私にはつけていく場所がなさそうです……」

「そんなことはない。今度君達を夕食に招待するから、それをつけてくるといい」

言い終えるなり凱が手を首飾りから離してしまい、慌てて私が両手で胸に抱える。落としたら大惨事だ。

まるで受け取るような格好になったのが不本意で、反論しようとするが凱は私に背を向けて今度は路易の肩に片手をかけ、熱心に語り始めた。

「路易は装飾品の贈り甲斐がありそうだな。この指輪なんて、その南の海のような瞳にピッタリじゃないか？」

陳列されていた指輪を右手で取ると、路易にグイッと押し付けている。

私は頭痛を感じ始め、側頭部をそっと揉んだ。

なんというか、凱は見た目通りの強引な性格をしていた。

「あの、羅凱さん。お気持ちは大変ありがたいんですけれど、私達は受け取れません」

すると凱は心底驚いたのか、路易に指輪を差し出した状態で固まり、目を丸くした。

「俺の贈り物を断る女性は、ここにはいないんだがな。純粋に新鮮な反応だな」

（凄い自信だわ。私には、貴方のその反応が新鮮よ……）

「一応、官吏にはお付き合いでいただけるものと、そうでないものがありまして。首飾りや指輪は、受け取ってしまうと問題があります」

それこそ賄賂の授受は、こうして始まるのだろう。

皇帝陛下は特に賄賂に厳しく、受け取った官吏は必ず処罰される。

凱は路易に指輪を渡そうとするのを諦め、声を立てて笑った。

「流石、中央の官吏はしっかりしている！　俺は単に君達を気に入っただけなんだ。別に困らせたいわけじゃない。分かったよ」

「せっかくのご厚意を、すみません。地方に左遷になった挙句、初日に首になってしまったら目も当てられませんので」

　凱はその長身を屈め、私の顔を覗き込んで人懐こい笑みを浮かべた。

「そこまで言うなら、仕方ないな。その代わり、今夜は早速、歓迎の意を表して海雲州で一番美味しい食堂に二人を案内しよう。海雲州でこの羅凱と一緒に夕食の席に着ける――この地では、これほど名誉なことはないぞ？」

溢れんばかりの自信に少しだけ躊躇してしまいそうになるが、正直海雲州府ではちっとも歓迎されていなかったので、このお誘いは嬉しい。

（夕飯か。海に面しているから、海鮮が美味しそう……）

　私と路易はお礼を言って、招待を受けることにした。

　州府への帰り道も、真っ直ぐには帰れなかった。

　歩く道すがら、婦女子達が頬を薄紅色に染め、凱に贈り物を渡すものだから、いちいち時間がかかるのだ。

　店の店員達も、必ず通りへ出てきて凱に一声、挨拶をしてくる。中には「羅会長のお陰で、商売が繁盛している」と頭が地面につきそうなほど、深くお辞儀をする者までいた。

そのたび、私と路易は動揺を隠せなかったが、凱には日常茶飯事なのか彼は片手を挙げて軽い挨拶をするだけで、まるで動じない。

凱は州府の前まで来ると、私と路易に今夜はどこに泊まるのかを尋ねてきた。

州府には職員用の宿舎が併設されており、私達はそこに泊まる予定だ。ただ、私はできるだけ早く宿舎を出たいと思っている。

「路易さんは当面宿舎に入る予定ですが、私は早めに出て、少しでももっと安いところを借りるつもりです。宿舎は二食漏れなくついているせいで、食費がかえって高くつくんですよ」

凱は州府の立派な門を見上げてから、苦笑した。

「内務府から海雲州に飛ばさ……、いや出向することになった女性官吏が、三大名家の蔡家のご令嬢だという噂を耳にしていたんだけどね。どうやらとんだエセ情報だったみたいだな」

「まぁ。それは驚きです。そんな噂、一体どこの誰が流したんでしょうか？　怖いです」

「これでも商売がら、あちこちに情報網を張り巡らせていてね。ただ、問題はたまに誤った情報も含まれてしまう、というところだな！」

私と凱はハハハと明るく笑ったが、その少し後ろで路易だけは引き攣った笑顔だった。

予告通りと言うべきか、夕方になると凱は書写室に再び現れた。

わざわざ夕飯のために装いを新たにしたのか、昼間見た時よりも派手な格好をしている。黄色の衣ではなくなったので安心するが、浅葱色の袍には金糸の刺繡がされ、非常に目立つ。

とはいえ、敢えて後毛を垂らして襟をくつろげることで着こなしに個性を出し、妙に似合っているのは流石だ。

州府から街中に出る間、初日の勤務で精神的にも肉体的にも疲れ切っていた私と路易は、言葉少なく凱と歩いた。対照的に羅凱は根っからのお喋り好きなのか、私と路易の沈黙を埋め尽くすようによく話した。

海雲州のこと。そして羅一族の栄光の物語を。

「俺は子どもの頃から船に乗っていたよ。船は移動手段として、最高だよ。陸路だと砂漠や山脈を通る必要があっても、海路なら行きたい方角へ好きに向かえる」

凱はとても誇らしげだった。

「元々、羅家の海運業は曾祖父の代に、小さな船一艘で始めたんだ。少し儲かると身寄りのない子どもや高齢者のための施設を建てて、州の民のために尽くしてね。その努力が認められて、州府から港での貿易独占権が認められたんだ。そうして更に商いを広げ、この辺り一帯の雇用を生んでいったというわけだ」

「一艘の小さな船が今や、南の海は羅家の庭、と呼ばれるほど大きな組織になり、海雲州の発展に寄与されたのですね」

私が感心してそう言うと、凱は至極満足げに頷いた。

夜の薄暗い道を歩いていても、遠くから「羅会長！　今夜もお疲れ様です」と彼を労う声がかかる。

私達は赤い提灯がぶら下がり、客引きが盛んに話しかけてくる繁華街を通り抜け、大きな建物の前で止まった。建物を見上げながら、凱は自信たっぷりの笑顔で言う。

「ようこそ。海雲州随一の食堂へ。ここはただ食事が美味しいだけじゃないんだ。演劇も見られる」

人気の食堂なのか、店内は客で賑わっていた。

建物は中庭を囲むようにロの字形に立っていて、中庭に設置された舞台で俳優達が劇を演じている。客席は舞台が見える位置にあり、どうやら食事をしながら、観覧ができるようだ。

楽団のいる食堂は白理にも多いが、劇団付きというのは珍しい。

羅家はここに顔を見せれば通してもらえる席を持っているらしく、店員は凱の顔を見るなり、私達を恭しく二階の席へ真っ直ぐに案内した。なんと、大きな窓から舞台が目の前に見下ろせる特等席だ。

路易はなぜか席に着こうとしなかった。少し離れた所に立ち、腰を下ろした私と凱を黙って見ている。それに気づいた凱が、声をかける。

「どうした、路易。なんでつっ立ってるんだ？　ちゃんと椅子は人数分あるぞ」

「いえ、私は本来後宮に仕える宦官（かんがん）ですので。同じ食卓に着くことは出来ません」

「たしかに、使用人と妃嬪（ひひん）達が飯を食うことはないだろうが、今は州府の職員だろう？　細かいことは気にするなよ。それにこの海雲州では、俺と一緒にいる者がすることを見咎（みとが）める奴など、いやしない。安心してくれ」

「それでもご無礼にあたりますので、できかねます」

路易は更に一歩後ろに下がり、同席を固辞する。凱は困ったように肩を竦めた。

「宦官ってのは、なかなか強情だな」

「でも路易さん、今の私達は同僚なんですから、同じ席で食事をしても何もおかしくないです」

「同僚とはいえ、本来私は永遠に使用人の身分ですので」

なんだそれは、と呆れて凱からも助け舟をもらおうと彼を見るが、路易の今の言葉に納得させられてしまったのか、両眉をひょいと軽く上げて頷いている。

「まぁ言われてみれば、使用人は主人から使われるためにいる存在だからな」

（いやいや、私はちっとも納得できないのだけれど！）

「たしかに、私と路易さんは違う点がたくさんあります。もともと路易さんは使用人だったかもしれませんけど、そのことに今この場で何か意味がありますか？」

「えっ」と呟き、パチパチと瞬きを繰り返した後で、路易は返事に詰まった。

「何も出てこないということは、意味なんて特にないっていうことです」

路易が更なる言い訳を重ねる前に、彼の考えを否定する。黙ってしまった路易の代わりに凱が「なるほど」と合点がいったように大きく首を縦に振っている。

「だいたい、海雲州までの道中は、私と一緒にご飯を食べてくれたじゃないですか」

私の急かす視線に押されたのか、路易が弱った様子で言う。

「ですが、私達の道中の食事はいつも屋台でしたし……」

「よく分からん基準だな。よし、じゃこう言えばいいんだな、路易よ。俺がここで一緒に食えと命じるから、座ってくれ」

凱の開き直りに近い命令に、路易が逡巡した後でようやく、こちらにやってくる。彼は渋々といった様子で、椅子を引いて腰掛けた。

全員が席に着くなり、席代に含まれているのかすぐに茶と豆菓子が運ばれてくる。

凱が特に料理表を見ることなく、店員に言う。

「料理長のお勧めを、適当に持ってきてくれ」

なんて豪快な注文の仕方だろう。驚く私の目の前で、店員は困惑の様子もなく、心得たとばかりに頭を下げて戻っていく。

凱は腰を落ち着け、斜め向かいに座った路易を改めてジッと見つめると、言った。

「以前、大陸の西の国の絵を買ったことがある。俺達とは随分違う容姿をしていて、絵がおかしいのか、俺の常識が間違っているのか分からなかったが、まさかの後者だったみたいだな。路易はその絵に描かれていた人々にそっくりだ」

路易が小さく首を左右に振りながら、穏やかな口調で言う。

「ところ変われば、私のような者達が多数派なんです」

「かなり西に位置する国から来たんだろうに。冒険と挑戦に満ちた人生で、感服するよ。君はどこの国の人なんだ？」

「端的に申し上げますと、私は最早(もはや)どこの国の者でもありません。私の出身国は、もう滅びましたから。以来輸出を繰り返され、東へ東へと置かれる場所が移っていきました」

「なんと……。まだ若いのに、なかなかのものを体験してきたようだな。今回の左遷で少し西に戻ったということか」

「言われてみれば、そうなりますね」

路易と凱は淡々と話を続けていたが、私は路易が自分を「輸出」品のように表現したことが、ズンと胸に響いた。彼の人生は、自分でそう言い切ってしまうほど、納得のいかない扱いの連続だったのかもしれない。

舞台では悲劇が上演中なのか、真ん中に美女が死んだように倒れ、弓を持った戦士が悲しげに歌いながら縋っている。きっと美女と戦士は恋人だったのだろう。

今観始めたばかりだというのに、戦士が切なく縋りつく様子が胸に迫って、劇に引き込まれてしまう。悲恋に胸打たれるのは老若男女同じなのか、食堂にいる皆が箸を止めて見入っている。圧倒的な歌唱力に、色々考えさせられる。

(もしも……。例えば私に何かあったら、柏尚書もあんな風に悲しんでくれたりするかな?)

悲痛な歌に、しばらく聴き惚れる。

私は顔を上げると、同じく舞台を見下ろしている凱に言った。

「面白いお店ですね。一人で来ても、誰と来ても、いつ来ても楽しめそうです。白理にあったら、同じように流行るかもしれません」

「そう思うか？　実はこの店は羅一族がやっているんだ。今度、白理にも支店を出すよう助言してみるよ」

「羅家の方々は、本当にやり手の経営者揃いなんですね」

すると凱が首を傾けて、私を覗き込むようにしながら薄く笑う。

「いやいや。――黒猫ちゃんこそ……州府の者達は大左遷だなんて言っているが、本当はどうなんだ？　実際のところは、やり手の官吏なんじゃないのか？」

「とんでもない！　守銭奴精神に支えられて、なんとか仕事をしてきただけですよ」

「本当は秀女選抜を受けたのに、内務府の官吏として引き抜かれて働き始めた、と聞いたんだが。本当か？」

（えっ!?　どうしてそんなことまで、知っているの？　誰から聞いたんだろう？）

凱がどこまで情報を持っているのかわからないので、答えに迷う。下手な嘘をついても、バレてしまいそうだ。

動揺を隠そうと舞台に目を移せば、美女と戦士が手を取りあって歌っている。

美女はどうにか生き返ったらしい。

（困ったな、どこまで羅凱さんに話そう。線引きが難しいわ）

一呼吸置いてから、答える。

「ええ。本当です。実は、お皿を巡って内務府の手違いのせいで、後宮でひと悶着ありまして。その後も色々と、事件が続いてしまって……。左遷先が海雲州になったのは、その皿事件の影響でもあるんです」

「皿事件？　赴任先がここになった理由が、気になるじゃないか」

手の内や事情をこの州の人に明かすわけにはいかない。あまり警戒されては調査がしにくくなる。

真実味を増すために、打ち明けるが迷っているフリをしようと、茶杯に手を伸ばす。時間稼ぎに茶を飲むつもりだったが、思ったより熱くて、ほとんど口に含めない。

「実は、白理でまことしやかにある噂が広まっていまして。その噂が本当なのかを調べに来たんです。成果を出せれば、左遷を取り消してもらえますので」

皇帝の命令と明かしてしまえば、警戒されてしまう。

敢えて声を落として告げたが、聞き取りにくかったのか、凱は身を乗り出してきた。

「噂とは、どんな？」

美女と戦士の二重奏が佳境に入り、歌声がより大きくなる。

「烏南磁器についての、ある噂です」

いかにも言いにくそうに小出しに話す私に焦らされたのか、凱は目力のある大きな瞳に強烈な興味の色を宿らせ、私を真っ直ぐに見つめている。彼は私に焦点を当てたまま、片手を上げて店員を呼んだ。店員はいつ何時呼ばれてもいいように控えているのか、即座に駆けつけた。

「歌声が大きくて敵わん。静かにさせろ」

驚きの注文をつける羅凱に対し、私と路易が目を剝く中、店員は「かしこまりました」と澱みない仕草で頭を下げて一階へと下りていった。

凱は人畜無害そうな人懐こい微笑を浮かべ、私と路易を交互に見た。

演劇に対して静かにしろとは、どういうことか。流石に、無茶な要求ではなかろうか。

「それで、都では今どんな奇妙な噂が飛び交っているんだ？」

「実はですね、くれぐれもここだけの話にして欲しいんですが……、我が国秘伝の烏南磁器の磁土を、西加瑠王国に横流しにしている者がいるらしいんです」

「それは驚いたな……！　西加瑠王国も、近頃は磁器産業に力を入れているというのに、横流しなんてしようものなら、敵に味方をして自分の首を絞めるようなものじゃないか」

凱は目を丸くして、豆菓子を自分の口に放り込んだ。

「だから――噂が事実か調べるために、西加瑠王国の商館がある海雲州に左遷されたのか……？　商館経由で流出していると？」

私は少しの溜め時間を作ってから、厳かに頷いた。

皇帝に頼まれたのは別の仕事だが、完全に嘘というわけではない。

ようやく少し冷めた茶を飲んでから、凱に問う。

「羅凱さんは、この噂をご存じでしたか？」

「いや、まさか。初めて聞いたよ。やはり思った通りだな。異国の商館など、国内に作るべきじゃないんだ。隙あらば我が国の富を収奪しようと考えているに違いない。皇帝はよりによって、なぜ我が海雲州に作ったんだ！」

即答した挙句、怒り始めた凱に畳み掛ける。

「商館が出来たお陰で最近は羅家の船だけでなく、西加瑠王国からの交易船が、西から直接港に乗りつけるようになりましたよね？」

「その通りだが」

「たとえば、羅凱さんが土を輸送するとしたら、船で運ぶのと馬やラクダに引かせた荷車で運ぶのと、どちらの手段を選ばれますか？」

いつの間にか二重奏は終わり、しっとりとした二胡の音色が辺りを満たしている。ギョッとして思わず確認すると、舞台では美女達による舞が始まっていた。つい二度見してしまう。

凱の要求通り、歌が終わってうるさ過ぎない柔らかな音楽と舞に変わったらしい。

（こ、これはこれで問題があると思うのだけれど。今まで演劇を楽しんでいたお客さんは、突然物語が終わってめちゃくちゃ消化不良なのでは……!?）

一階席の客達は何が起きたのかとキョロキョロと視線をさまよわせ、明らかに困惑しているが、凱は気に留める素振りもない。

目の前で和やかに話す羅凱が、急にさっきまで見ていた彼とは全く違った人物に見える。彼の持つ権力の大きさに、私自身が無意識に怖くなってしまい、ぞわりと腕の鳥肌が立つ。

「たしかに、土を運ぶなら海路が賢い選択だろうな。つまり、君達は西加瑠王国に土を横流しした者を探し出せれば、都にまた返り咲けるということか？」

「まぁ、そんなところです。輸出入にお詳しい羅凱さんは、何か情報をお持ちじゃないですか？」

店員が運んできたのは、茹で海老だった。香辛料がかかってはいるが、素材に自信がなければできない調理法だ。

凱は器用に手で殻を剝きつつ、言った。

「俺の方でも、少し探りを入れてみよう。何か分かったら、すぐに伝えるよ。そんな事情があるなら、全面的に協力しようじゃないか。州刺史にも俺からひと言言ってやろうか？州府にはある程度顔が利くんだ」

ひと言で演目の変わった中庭の舞台を、思わず見下ろしてしまう。顔が利くのは、ある程度どころじゃないだろうに。

「あまり内部で波風を立てたくありませんので、自分達で何とかします。ご配慮いただき、ありがとうございます」

海老に手を伸ばし、剝き始める。食べ慣れている凱と違い、殻を上手(うま)く一気に大きく剝がせず、四苦八苦する。手に細かな殻の欠片(かけら)がまとわりついて、始末に悪い。

凱は不服そうに表情を曇らせ、言った。

「だが成果が出なければ白理に戻る望みがないとなると、ずっとあの追い出し部屋に通うのはキツイぞ？」

店員が素早く駆けつけ、私の前に水の張った椀(わん)を置いた。

凱には持ってこなかったから、私の剝き方が汚(きた)な過ぎて見かねて持ってきてくれたらしい。

ありがたいような、恥ずかしいような……。

手をゆすいだ私が答える前に、ここで路易が会話に入る。

「羅会長。お気遣いに大変感謝致します。このように歓迎してくださり、救われる思いでございます。ただ、しばらく滞在した後、私達は都に戻る予定なのです。蔡殿には、戸部尚書の婚約者がいますので」

（ん？　今なんて？）

自分の耳を疑い、今しもかじりつこうとしていた海老を、口の前で止める。

「なんだ、そうだったのか！　随分お偉い婚約者がいるんだな。しかし、黒猫ちゃんが結婚秒読みだったとは、残念だよ」

「秒読み、というのは少し大袈裟ですけれど……」

「だけど婚約者がいるのは本当なんだろう？」

「えっ……、それは、そう言われればそうかもしれませんが」

自称婚約者なのだが。いや、周りもそう思い込んでいるから、他称でもあるのか？

よく分からなくなって答えに詰まる私の前で、凱は大きく頷いた。

「分かったぞ。照れ臭いんだな。めでたい話が控えているのは素晴らしいが、二人が海雲州に長居する予定がないのは、残念だな。滞在中は、思う存分楽しんでくれ」

「ありがとうございます。今日もこんなに素敵な食堂に連れてきてくださり、嬉しいです」

次に店員が運んできたのは、大きな鱶鰭(ふかひれ)の姿煮だった。黄金色の汁につかり、照りも目に眩(まぶ)しい。

妃嬪(ひひん)達の献立の中でしか見られないその高級食材を、凝視してしまう。

貴重なお姿を視界一杯に捉えようと、目を見開いて観察する。

クルリと円形で、上部に丸い穴が空いている様子に、口元が緩む。

「美味(おい)しそうですね。銭の形をしているのが、心躍りますね！」

残念ながら、誰も同意してくれなかった。

その夜、私は小さな灯籠の前に座り、筆を片手に座り込んだ。

州府の宿舎は狭く、小さな円卓と寝台、それに棚が作り付けられている。

都から持参した荷物は部屋の隅に置き、とりあえずは明日の着替えを出し、文具と紙を円卓に置く。

宿舎に着いたら私宛の手紙が届いていたので、返事を書くのだ。

入居する本人より先に届くとは何ごとかと思いきや、差出人は柏尚書だった。

私が都を出てすぐに、出したのだろう。結局喧嘩別れのような状態で都を出てきたことが、悔やまれる。見送りには来てくれたけれど、私に呆れてはいないだろうか。

「うぅぅ。開けにくい。開けたいようで、開けたくないような……」

中を読むのが怖いような、それでいて待ち望んだ貴重なものが手に入っているような気持ちになり、しばらくの間開封せず、差出人の名前を見入ってしまう。

やがて決心して慎重に開封して手紙を広げると、冒頭から私に対する謝罪の言葉が並べられていた。その後には、彼の他愛ない日々の出来事が綴られ、短くてもいいから無事に到着したら返事が欲しい、と書かれて結ばれていた。

（よかった……。私のことが嫌になってしまった、なんて書かれていたらどうしようと不安だったけれど。いつも通りの柏尚書だ）

見慣れない狭い部屋に一人で座っていると、余計に柏尚書との距離を感じるけれど、手紙を通して空間がつながったような気になる。

――静かだ。

すぐ隣の部屋には入居者がいるはずだが、壁に吹きつける風の音が時折聞こえる以外は、何の物音もしない。

とりあえず、返事の手紙には今日見た異国情緒溢れる街の様子を書こう。見たものを上手く伝えられるか心配だけれど。

（それと、羅凱さんのことかしら？　白理で会った時以上に、いかにも海雲州を牛耳るやり手の大商人といった雰囲気を醸し出していたわ）

書き始めると、柏尚書に伝えたいことは溢れ出て止まらなかった。

なんとか短くまとめて書き終えると、私は重い体を引きずって寝台に横になった。

今日はとても疲れた。溜め息と共に目を閉じた次の瞬間には、私は眠りの世界に旅立っていた。

州府での二日目。

書写室にある「追い出し部屋」にいても、私達を訪ねてくる者はいなかった。

こうなっては逆に好機と考えるしかない。

朝から書庫に忍び込んで、再び自席に戻った私に、路易が尋ねる。

「さて、今日はどうしましょうか？」

書庫で探してきた巻物の綴じ紐を解き、彼の机の上でコロコロと広げる。

「まずはこちらを見てください。西加瑠王国の商館で働いている人の、名簿です。設立当初の名簿ですので、今の従業員とは少し変わっているかもしれないけれど。この中に、路易さんが知っている人はいますか？」

路易は真剣な眼差しで巻物を見つめ、その上に書かれた名前を指で追い始めた。一人、一人と滑っていき、ある人物の名前の上で指が止まる。私には読めない西加瑠文字の横に「論翔」と大雅語での表記がされている。

「この方は存じ上げています。私と一緒に西加瑠王国から大雅国の皇城に派遣されてきた大使一行の、随行員の一人でした」

「それは心強いです。役職は次席と書かれていますね。次席は、商館長の次に偉い方ですよね。陛下が路易さんを海雲州に派遣してくれて、助かったわ」

「論翔には、蔡主計官も会われていますよ。皇帝陛下との宴にも参加されていましたので、陛下に呼ばれて宴に途中参加された蔡主計官も、きっと見覚えがあると思います」

「どうかしら……」

その宴は、路易と初めて会った宴でもある。思い出してみようと頑張るも、路易の他は西加瑠王国の大使の顔しか記憶に残っていない。

「その論翔という方が、まだ商館にいらっしゃると期待したいですね。上手くお会い出来なければ、後で手紙を書きましょう」

路易が碧い瞳を上げ、軽く驚いたのか目を瞬く。

「もしかして、今日は商館に行くつもりですか？」

「はい。そのつもりです。時間が経てば経つほど、調査がしにくくなりますし。狭い書写室に籠ってるより、一日でも早く白理に帰りたいですしね！」

「なるほど。仰る通りです」

路易は薄らと口角を上げ、微笑を浮かべた。

その笑顔に、ふと思う。

思い返せば後宮で見てきた路易の笑顔は、いつもこんな感じだった。

路易は常に落ち着いていて、いつも穏やかに笑う。

社交的な反応なのか、心からの反応なのか、判別がつけにくい。

私は路易が自分の意に反してこの国に連れてこられたことを、知っている。彼にとって、西に戻れる唯一の機会は貴妃の公主が西加瑠王国に嫁ぐ時であり、彼はその際に同行者として選ばれる可能性に賭けている。——以前、路易はそう告白していた。

(路易さんは、今も大雅国にいることが、辛いのかな？)

今を身近に、一緒に過ごす一人としてはとても悲しい。

商館に向かう準備が整った私達は、自分達の机の上に文具類を転がしておいた。とりあえず出勤した旨を表明しておくためだ。

無断欠勤だと思われてはいけないので、営繕局にも顔を出す。

(それにしても、お世辞にも雰囲気がいいとは言えない職場よね)

広い事務室内では皆が覇気なく無表情に机に向かっており、かと言って談笑している様子は見られない。淀(よど)んだ空気が充満し、そこにいるだけで五感や思考が鈍り、閉鎖的になっていきそうだ。

いかにも煙たげに私達を見てくる営繕局の職員に、外出の報告をする。

「おはようございます。あの、これから……」

「ないない、ないから。君達に今日頼みたい業務は、特にないから。好きにしていなさい」

どうやら仕事をもらいに来たと思われたらしい。

(今日頼みたい仕事どころか、多分明日も頼みたい仕事はないんでしょう?)

なるほど、辞職に追い込みたい職員には、こうして一切仕事を与えず、飼い殺しにしていたのだろう。今まで同じ手段で本当に追い出された職員が他にもいたのだろうと思うと、腹立たしいし気の毒でならない。

しかも営繕局にいる者達が誰一人、目を合わさないのだ。

顔を上げられないほど多忙なら、手伝わせてもらってもいいものを。

（そんなに私達、迷惑かしら？　姑息な手を使わなくても、三月で都に戻るのに）

つい感情的になって、ドスドスと怒りの足音を立てて歩いてしまいそうになるが、ここは我慢だ。変に目立って目を付けられると、自由に動きにくくなるかもしれない。

大左遷された官吏らしく、一芝居打たなければ。

一応彼らのご期待に応えるべく、しおらしく項垂れて営繕局を後にする。

私達はその足で、州府の外に出ることにした。

目指すは海雲州に設置されたという、西加瑠王国の商館だ。

西加瑠王国の様式で建てられた商館は梔子色の建物で、赤茶色の三層の屋根を持っており、遠くからでも目立った。敷地は大変広く、商館の後ろには倉庫が並んでいる。

ここに西加瑠王国から派遣されてきた役人達が常駐し、本国からやってきた商人達の滞在先にもなる。

敷地内は大きな木箱や麻袋が積まれた荷車があちこちから走ってきて、忙しない。ここでは荷車優先なのか、歩行者を轢く勢いで走っている。注意して歩かないと、吹っ飛ばされて大怪我しそうだ。

倉庫の中には、遥か西加瑠王国から船で運ばれてきた輸入品や、これから大雅国から荷揚げされる輸出品が収められているのだろう。

大雅国の人々も荷役や調理人として雇われているため、商館への出入りはそれなりにあるはずだ。とはいえ、入り口には帯剣した兵士が左右に控えている。――兵士が立っているなんて、気軽に入りにくい。

遠巻きに近くを一周し、商館の建物を観察する。

一見特に異変は感じられない。まだ新しさを感じさせる、綺麗な館だ。火事にあった様子はない。

同じことを思ったのか、路易が首を捻る。

「陛下に届けられた陳情書は、デタラメだったのかもしれませんね。建物に不審な点は、外から見る限りはなさそうです」

私はすぐには答えなかった。

夏の強い日差しに視界が影響されないよう、目の上に両手で庇を作り、商館の外観を舐めるように見る。

甍にも、外壁にも異変はない。上から目線を下ろしていき、一階に差し掛かった時。

私はハッと息を呑み、路易に伝えた。

「見てください、一階の一番端の窓なんですけど、窓枠の色が一枚だけ薄いですよ。一枚だけ別の機会に塗り直したような色をしています」

「たしかに、言われてみれば。あの窓だけ新しく見えます。確かめる価値はありそうですね」

中に入ろうとすると、案の定兵士達に止められた。身分証の提示を求められ、要件は何だと聞かれる。

ここで本題の「火事について調べにきた」などと言うのは危険だ。

兵士達は一般的な西加瑠王国の人々のような彫りの深い顔立ちではないので、商館に雇われているだけの大雅国の者達かもしれず、もしも州府の人々に密告されてしまえば、今後警戒されるだろう。

私は路易の姿を彼らによく見せるように、彼をずいっと前に押し出し、可能な限りの愛想笑いを浮かべた。

「この者は西加瑠王国の大使と共に、昨年大雅国に来たのです。昨日縁あって海雲州に参りましたので、商館長にご挨拶させていただけますか？」

続けて路易が言い足す。

「こちらの論翔次席とは古い友人です。波朱蘭（ハシュラン）王国の路易が来たと伝えてもらえば、分かるはずです」

波朱蘭という国名は、初めて聞くものだった。

驚いて路易を見上げてしまう。路易の故郷の国の名前だろうか。

今まで一度も彼の口からは聞いたことがなかったし、これからもそうかもしれない。忘れないように、心の中で波朱蘭と何度も唱える。

路易の容姿は説得力があったのか、兵士が一人、確認に建物内部へと走っていく。

（もし、だめだと断られたら、どうしよう。ここは商いを目的とした人々が集う所なはずだし）

本来の目的を達成できなそうな場合は、最終手段としては「例のアレ」がある。

無理が通らなそうな時は、皇帝からもらった玉冊（ぎょくさく）を使ってみるしかないかもしれない。

一冊しかない上にそもそも何が書かれているのか分からないので、開くのは憚（はばか）られるけれど。

私があれこれ考えているうちに兵士が戻ってくると、意外にもすんなり中へ通してくれた。

中は外の喧騒（けんそう）が嘘（うそ）のように静かだった。

大雅国のように色鮮やかで絢爛（けんらん）な調度品よりも、落ち着いた色と意匠が好まれるのか、派手さのない家具が多い。

いかにも西加瑠人といった風貌の、くっきりとした二重の大きな目と高い鼻の職員が、大きな机を挟んで両腕に布を抱えた男と話し込んでいる。商談でもしているのか、男が熱心に披露しているのは色艶からして、きっと絹織物だ。

大雅国の絹織物は質が高く、西の国々で大人気だと聞いているから、売り込みをかけているのだろう。

私と路易が通されたのは、応接室だった。

西加瑠王国から持ち込まれた家具なのか、向かい合わせに置かれた長椅子は座面がよくなめした革製で、体重をかけると適度な弾力があり、とても座り心地がいい。

長椅子の間にある膝丈の高さの机は、驚くべきことに天板の上に透き通った板が載せられている。これはどう考えても木製ではない。

好奇心に駆られ、手を伸ばして天板を覆う板をつついてみる。カチンと硬質で冷たい響きは、明らかに玻璃だ。

(こんなに平らで大きな玻璃が作れるなんて。綺麗だけど、割れたら面倒だし、運びにくそう)

とはいえ、目の前に座った大雅国の者達を技術で圧倒し、萎縮させる目的があるのだとしたら、間違いなく十分役割を果たしていた。

隣に座る路易を見上げるも、彼は平然としていて、机に気を取られた様子はない。

西の国々では標準仕様なのだろう。

路易は普段、自分の出身国の話はしないし、自分が見てきた西の国々と大雅国を比較するようなことは言わない。優劣をつけようとする様子もない。

けれど国が違えば、文化の違いだけでは埋まらない発展や進歩の差はたしかに存在したはずだ。

処世術なのか或(ある)いは路易の優しさなのか分からないが、渡り歩いた国々の違いに反発したり困惑したり、流されたりすることなく、ありのままを受け入れるその姿勢に、尊敬の念を抱く。

優れた存在感を放つ机の前で、こっそり路易を観察する。

(最初は、得体の知れない人だったけれど。しかも、言葉が分からないフリをしていた上に、私の玻璃筆を勝手に持ち出した要注意人物になってしまったし。でも生い立ちを知ると、悲劇的で気の毒にすら思えたけれど……)

膝の上で組んだ手を、きつく握り直す。

(うん。やっぱり、計り知れないな。路易さんは間違いなく、物凄(ものすご)く得体の知れない人だ

わ）

応接室に現れたのは、中年の男性だった。筆記具を持った書記役と思しき若い男性を連れ、彼は入ってくるなり真っ直ぐに路易のもとへ向かった。髭の生えた口元に笑みを浮かべ、丸い瞳が弧を描くように親しみのこもったものに変わる。

「路易ではないか。まさかこんな所で再会できるとは、思っていなかったぞ！」

どうやらこの人物が論翔次席らしい。

端午節の宴の席で見たものを、必死に思い出そうとする。

（や、やっぱり、一人ひとりの顔までは覚えていないのよね。見覚えがあるような、ないような……）

振り返れば記憶に深く刻み込まれているのは、船上の粽を射落とす競争だ。冷静に無言で次々と正確に射落としていく柏尚書が、とても素敵で。

（柏尚書の期待に応えるためにも、早々に白理に帰るためにも。しっかりこの大仕事に集中しなくちゃ！）

路易と私は急いで立ち上がった。

「ご無沙汰しております。突然押しかけてしまい、申し訳ございません。こちらの方々に伺いたいことがございまして」

私達が手を組んで膝を軽く折ると、次席も同じく頭を下げてくれた。顔を上げて早速、自己紹介をする。

「海雲州府に勤める蔡月花と申します。先日、白理にある内務府より派遣されて参りました」

「内務府」という単語に反応し、次席が濃い眉を持ち上げる。

皆で席に着いてから、次席は思い出しながら話すように、人差し指を天井に向けて立てて話し始めた。

「私の記憶が正しければ、蔡さん、貴女とは皇城で一度お会いしています。たしか、宴の、宴席の……」

もどかしげに目を彷徨わせながら一旦言葉を切り、次席は路易に助けを求める。

「大雅語ではなんと言うのか、出てこないんだ。路易、訳してくれ」

次席はそこまで言うと、西加瑠語で続けた。逐一頷き、路易が代わって私に訳してくれる。

「次席はこう仰ってます。端午節の宴で、貴女が池の中の小島で舞っているのを皇帝陛下が見事当てられ、その後仙香殿でお会いした、と」

覚えてくれていたことに嬉しくなり、両手を合わせて何度も頷く。

「はい、宴に途中参加させていただきました。またお会いできて大変光栄です」

まさか「こちらは覚えていない」とは言えない。

「大使がいらしてくださってから、貴国と我が国の友好が深まっていることを、大変喜ばしく思っております。商館の方々のご尽力のお陰で、こうして人や物の行き来が盛んになることで、更に後世まで続く盤石な友好関係が築かれることでしょう」

「それも皇帝陛下と州府の方々が、大変よくしてくださっているからこそです」

次席が今度は私に直接伝わるよう、大雅語で話す。

軽い挨拶が済んだところで、本題に入る。

「白理にいる時に、少々妙な話を聞きまして。海雲州の西加瑠王国の商館が、火事にあったというのです」

「ええ、火事になりました。春先に」

あまりにもあっさりと認められて、拍子抜けしてしまう。

私は路易と二人で、予想外の展開に口を無駄にぱくぱくと動かした。

「ええと、それはその。どの程度の規模で、……ひ、被害はありませんでしたか？」

「ご心配なく。一階の一室で出火したのですが、床が焼けた程度です」

そこから先は母国語以外では流暢に説明するのが難しいのか、次席はまた路易に向かって西加瑠語で話した。

『幸い、たまたま忘れ物をした調理人が通りかかりまして、すぐに気がついたので消火が早かったのです。調理人は咄嗟に調理場の火の不始末かと焦ったらしいですが、火事は居間で発生しておりまして』

調理人が早めに気づかなければ、被害は大きくなっていたかもしれないということか。

説明する次席の様子を窺うが、おかしなところはない。澱みなく話しているし、早口になったり視線が泳いだりすることもなく、事実をありのまま話しているようだ。

「原因は、なんだったのでしょうか？」と私が尋ねると、次席は大雅語で答えた。

「捜査の結果、州府がこの商館のために雇っていた出入りの掃除人が逮捕されました。なんでも、掃除中に使っていた蠟燭を消し忘れてしまったとのことで。高齢の掃除人だったので、物忘れをしてしまったのでしょう」

原因も犯人も特定されていたようだ。だからこそ大した事件ではない、として州刺史は中央に報告しなかったのだろうか。

「それでは、火事の件は早い段階で落着済みだったのですね」

「ええ。まあ。そう言えるかもしれませんが」

次席は言葉を濁した。なんとなく、腑に落ちない、といった様子だ。

「もしや、何か気になるところが残っているのでしょうか？」

　水を向けてみると、次席は言うべきか悩んだのか首を忙しく左右に傾け、路易に向かって答えた。

『後々、少々ゴタついたんです。掃除人本人は過失を認めなかったようで。おまけに彼の友人が、誤認逮捕だと彼を庇って苦情を言ってきましてね。掃除人は二人いたのですが、もう一人の若い男も調べるべきだ、と』

「それは、ちょっと気になりますね。その若い男性は、今もここの掃除人を？」

『いいえ。同僚が捕まった後に辞めました。噂によると、既に海雲州にはいないのだとか』

　私と路易は、顔を見合わせた。

　出て行ったということは、もしや逃げたとも言えるのでは。

「仰る通り、釈然としないものが残りますね」

　次席は頷きつつも、肩をすくめた。

「我々としては、州府はよくやってくれたと感謝していますがね。火事の後は、州府が商館に兵士達を警護としてつけてくれるようになったので、安心しておりますよ」

　なるほど、あの兵士達はそんな経緯で立つことになったのか。

次席は人懐こい笑顔を見せ、言った。

「皇帝陛下は、お元気ですか？　つい最近、陛下に皇子様がお生まれになったと聞きました」

「ええ。大雅国を守る龍神のご加護のお陰か、陛下はここのところお風邪一つ、召されていません。皇子のご誕生を、大変喜ばれています」

李充容（りじゅうよう）の話はあえてしなかった。暗く悲しくなるだけだと分かっていたから。

応接室の飾り棚には、精緻な筆遣いで幾何学模様が描かれた、絵皿が置かれていた。

表面に描かれた絵がよく見えるように、こちらに向けて立てられている。

「もしや、あのお皿は近年発展目覚ましい、西加瑠磁器ですか？」

話を皿に向けると、次席は嬉しそうに目を輝かせた。

「ええ、そうです。大雅国にも烏南磁器がありますが、我が国の磁器もぜひ使っていただきたく、今商館を挙げて売り込みに必死になっておりますよ」

「必死」の部分に物凄く力を込めて言うので、同じ元商売人としておかしくなってしまい、思わず笑いを誘われる。

「ある程度広まっている銘柄があると、後で購買層を得ようとするのが難しいんですよね。特に高級品の場合は」

「そうなんです、まさにその通りでして。よくお分かりで！　まずは足元の海雲州から積極的に売り込みたいと思っていたのですが、ここは羅商会の力が強く、州内には扱ってくれる店舗がなければ、商人すら誰も商館を訪ねてくれないのですよ」

「それは大変そうですね。皆さん羅商会に義理立てしているんでしょうか」

さっき商館の中にいた商人は、よその州から来た人々だったらしい。

次席は何かいいことを思いついたかのように、パッと明るい表情になった。

「もし後宮の妃嬪様方に、たくさん西加瑠磁器を贈ってさしあげたら、喜んでいただけて市井に広めていただけますかね？　白理の流行は後宮から作られるそうですし」

それは難しいかもしれない。貴妃は間違いなく、喜ぶだろう。でも。

「申し上げにくいのですが、少々難しいところかもしれません。後宮には西加瑠磁器に否定的な感情を抱く者達もいまして……。民の中には、西加瑠磁器は烏南磁器を真似してできたものだ、と考える者達も一定数いるほどなんです。果ては、同じ土を使って作っている、なんて言う者までいるくらいなんです」

少し大袈裟な言い回しをしたが、土の話を自然な会話の流れの中で出せるよう、工夫してみる。

次席は大きな目を、更に倍ほどに見開いた。

「なんですと！　そのような根も歯もない噂が、出回っているのですか！　真似だなど、とんでもない。言ってしまえば、我が国の磁器は、烏南磁器とは全くの別物ですよ？」

「まぁ正直、私には同じようにしか見えませんが」と路易が小首を傾げながら、ぼやく。

すると次席は呆れたように溜め息をついてから、大きな手振りを交えて力説を始めた。

「二人とも、よろしいですか？　誤解があるようですし、本国では特に隠しておりませんのでお話ししますが、西加瑠磁器は焼いた牛の骨を、つまり骨灰を磁土に混ぜて、焼成しているんです」

「牛の骨ですか？　一体何のために？」

「それこそが、西加瑠磁器の温かみある白い色の秘密なのです。試行錯誤の後に、工夫して生み出した独自の産品だと胸を張っています。同じ土を使っているなどと誤解があるとしたら、大変心外です」

「なるほど。だからこそ、詳しい者が気をつけて見れば、分かる違いがあるんですね。それでしたら、例えばもっと明確に烏南磁器とは『違うもの』として売り出せば、商機があるかもしれませんね」

「ほほぅ。別物としてどちらも購入してもらえば、烏南と西加瑠磁器両方に利益が出るということですな」

席を立ち、絵皿に近寄ってよく観察する。

貴妃は断言していたが、正直こうして単体で皿を見るだけでは、私はどこの磁器なのか判別できない。

ただ、重要な証言を次席から聞くことができた。

やはり磁器の原料となる土を密輸出している、なんていう噂は事実無根だったのだ。

次席は私の隣までやってくると、言った。

「大雅国の公主様に誇らしく嫁いでいただくためにも、州府の皆様にはぜひ事実を広めていただきたい」

「はい。もちろんそのつもりですので、ご安心ください」

次席の手前、言い切ったが私の中では新たな疑問が湧き起こった。土の輸出の話が出るたび、そんな話は初耳だと海雲州の人々は驚くのだ。

(おかしいわよね。白理では皇帝の耳に届くほど、まことしやかに広まっているのに。貿易港を持つ肝心の海雲州で、その話が全然聞こえてこないのは、なぜかしら)

これは今晩、調査をしてもらうよう、柏尚書に手紙を書くしかない。

しょっちゅう手紙を書いたら、重くてしつこいと思われて、嫌われてしまうだろうか。

離れているせいで柏尚書の反応が読めず、少し不安になってしまう。

でも、れっきとした用事があるのだから、いいのだと自分に言い聞かせる。

州府での日々は、非常に淡々としていた。

一人前の州府職員としては扱いたくなくても、面倒臭い雑用は押し付けて都合よく利用したくなったのか、私達には時折仕事が降ってくるようになった。たまに言いつけられる物品の補充や移動、それにごくたまに頼まれる文書の複写といった雑用だ。

州府の近くに見つけた、格安かつ安全そうな物件を借りて、ボロ屋と職場を往復する日々が続く。

空いている時間は、書庫でひたすら州府内の金銭の流れを調べた。

だが。根をつめて何本もの巻物を調べ、怪しい数字がないか目を光らせ、毎日帳簿をめくっても、私達は不審な数字をなかなか見つけることができなかった。

ただし一点だけ気になるのは、この州府が毎年、多額の寄付金をもらっていることだ。

しかも、同じ人物から。

今日も日が傾き始め、灯籠の明かりだけでは数字を読むのが難しい時間になったので、仕事を終えようと机上の巻物を巻き返していく。

隣で手持ち灯籠に火を移している路易に、話を振る。

「どうも海雲州は、羅家からの寄付が恒常化しているんですね」

「ここに載っていない、州刺史個人への寄付があっても、おかしくなさそうですね」

別名、賄賂だ。

ある日の夕方、書庫から掠めてきた帳簿を追い出し部屋で調べていると、廊下を歩いてくる足音に私と路易はほとんど同時に反応した。

「あのドスドスした、自信みなぎる歩き方は、彼よね？」

「はい。間違いなく、羅家の当主かと思われます」

凱の人格が特異過ぎるお陰で、私と路易は足音で彼の来襲を察知できるようになっていた。

帳簿をあれこれ見ていることがバレるのは良くない。私達は州府に問題があると思って来ていることは、隠しているのだから。

二人で見ていた帳簿を急いでかき集めるが、引き出しに入れられる量を超えている。とはいえ、今から書庫にしまいに行くのは到底無理だ。その辺の棚の中に押し込もうかと思ったが、足音はすぐ近くまで来ており、間に合わないかもしれない。仕方なく、咄嗟に自分の尻の下に敷き、裙のひだを広げて隠す。

バターンと扉を大きく開いて現れたのは、予想通り凱だった。私達への声かけもなく、至極当然のように中へと大股で歩いてくる。ここは彼の家だろうか。

「大変なことが分かったぞ！　すぐに君達に伝えたくて、来てしまったよ」

凱は私の机の上に右手を置き、体重をかけて寄りかかった。

「わざわざ遠い白理から来ているんだ。海雲州を代表して、俺が力にならないとな。それに黒猫ちゃんみたいに可愛い女性が困っていたら、助けるのが男ってものだからね」

「羅凱さんには、人類の半分が可愛いんでしょうね」

「ハハ。黒猫ちゃんは可愛い上に面白いな。俺のことはそんな他人行儀な呼び方じゃなく、凱と呼んでくれ」

そんな呼び方をしたら、この州の人々から袋叩きにされそうだ。ここでは凱さん、どころか羅凱様、と呼ぶ人の方が圧倒的に多いのだから。

「凱さん、一体何が分かったんですか？　教えてください」

凱は肩にかかった自分の長い髪を、首を振ってバサッと後ろへ振り払った。

「君達が調べている、烏南磁器の情報を流している者のことだが、怪しい奴がいるぞ」

「それは、誰ですか？」と路易が立ち上がって尋ねる。座ったまま話を聞くのは失礼かと思われたが、尻の下の帳簿を隠し通さねばならない私は、腰を上げられない。

「これでも、俺はあちこちに手下を送り込んで情報収集をしていてね。烏南磁器に恨みを持つ人間が、西加瑠王国に土や技術の横流しをしているんじゃないかと睨んだんだ」

凱の垂れ気味な色気のある目が、ゆっくりと私と路易の間を往復する。彼は深く息を吸い、もったいぶった間を作ってから、口を開いた。

「冬の終わり頃に、烏南州から段玉蘭という女が海雲州に転居してきたんだ。――なんと、烏南磁器の製作所をクビになって、独り身で食うに困ってここまでやって来たらしい」

「あっ！」と思わず声が漏れる。

それに似た話は、柏尚書が烏南州の磁器製作所で所長から聞いていた。たしか、解雇されたのは、楊皇后の姪だと言っていたはず。

もしや、同一人物だろうか？

養子に出されていた楊皇后の姪の名が、段玉蘭？

相変わらず立てないので、座ったまま顔を上げて凱に聞いてみる。

「その玉蘭さんは、西加瑠王国の商館があると分かって、敢えてこの州に来たのでしょうか？」

単純な疑問に、凱は胸を張って答えた。

「それだけでなく、この通り海雲州が栄えているからだろう。仕事を新しく探すには、もってこいだからな」

そこへ路易が言い足す。

「たしかに海雲州は、よそ者にも居心地がいいところです。様々な背景を持つ人々が集まる場所ですので、いちいち個人の抱える事情を追求されませんので」

「言われてみれば、そうかもしれないな。俺は目立つのが好きだから、考えたこともなかった視点だよ」

凱が感心したように腕組みして頷き、路易は苦笑をする。

私と路易は、烏南磁器の原料と西加瑠磁器のそれは別物だと分かっている。従って、楊皇后の姪にかけられた疑惑も、事実ではないはずだ。彼女は実際には単に楊皇后の姪という一点をもって、不当に解雇されたに過ぎない。

けれど私は、考えれば考えるほど、楊皇后の姪に純粋に興味が湧いた。

楊皇后の姪とは、一体どんな女性なのだろう。私の母はかつてほんのひと時だけ楊皇后に仕えていたことがあるが、私は彼女自身やその親族を一度も見たことがない。

後宮の中にあった楊皇后の名残は、既に廃墟と化していた春景宮だけだ。

私の中であくまでも伝説の悪女でしかなかった女性が、急に実在の生身の存在として感じられる。

とはいえ、まだ烏南磁器製作所の所長が言っていた人物と、凱の言う玉蘭が、同一人物だとは断言できない。

「十分怪しいだろう？　やはり、西加瑠王国は我が国の技術を盗み、猿真似(さるまね)をして儲(もう)けているんだ。とても友好国とは思えんな」

貴妃のように磁器に詳しく、外観から材料の違いを見抜けるわけでも、私達のように西加瑠王国の商館で直接材料を教わったわけでもない凱は、烏南磁器が唯一無二の磁器だと思っているのだろう。とはいえ、もう少し情報を引き出すために、ここは話を合わせた方がよさそうだ。

「可能性はありますね。ただ、噂話(うわさばなし)だけで疑うわけにもいきません。とりあえず公的な行動記録から、確認したいですね。たとえば、海雲州に入るには必ず関所を通りますから、関所から当たってみます」

凱が目を大きく見開き、納得した様子で大きく頷く。

「なるほど。関所にある出入名籍録には、過所を呈示してそこを通った者の、細かい事項が記録されるからな。いつも通るのにやたら時間がかかって、移動の多い俺からすれば関所なんて面倒くさいだけだが、こういう時には役に立つじゃないか」

「問題は、見せてもらえるかどうかですね。私のような『追い出し部屋』に所属しているだけの州府の新参者が突然押しかけたら、追い払われるだけかもしれません」

「それなら心配ない。俺を誰だと思ってる？」

「泣く子も黙る、羅凱様です」

「その通り。天下の羅凱様にかかれば、不可能はない」

謙虚という単語は知らないのだろう。王者ぶりもここまで極めていると、あっぱれだ。凱の放つ自信が眩し過ぎて、目を眇めてしまう。

「全部俺に任せてくれ。州府の役人が行くから出入名籍録を見せるよう、俺から関所に言っておこう」

「本当ですか？　それはとても助かります」

ありがたいけれど、これって怖い。凱は海雲州の皇帝のようだ。

私の密かな怯えをよそに、凱は爽やかに笑った。

「いいってことよ。――とはいえ、関所でどうやって目的の記録を探すんだ？　恐らく冬の記録を全部読んで探さないと分からんぞ？」

「ええ。ですから、冬の記録を全部見ます」

私が鸚鵡返しに答えると、凱はおかしなことを聞いた、とでも言いたげに大仰に何度も瞬きをした。

「一つの季節分の記録を、総当りするのか！　いやはや、随分地道な作業を平然とやろうとするんだな」

内務府の帳簿をめくることに比べれば、大したことはない。

「内務府の仕事で地道な作業は慣れてはいるのですが、今回は銭の動きではなく、人の動きを見るので、勝手がちょっと違いますね」

「いずれにせよ犯人を突き止めれば、白理に早く帰れるかもしれないな。まぁ、俺としては黒猫ちゃんに、ずっとここにいてほしいんだけどな！」

凱はどこまでが冗談か分からないことを言う。

「ありがとうございます。ただ、白理では実家暮らしでしたので、ここにいると給料の半分が家賃に消えるんですよ。借りたのが格安のボロ屋とはいえ、タダじゃないので。切実に、懐が寂しいんです」

「本当に引っ越したのか。それにしても、若いのにしっかりしている。黒猫ちゃんも、色々苦労してきたんだな」

私の頭をポンポンと叩いた。

「ちょっ……、凱さん、私子どもじゃないですよ！」

「いや悪い悪い。頭が丁度ポンポンしやすい位置にあるもんだから」

反論に窮するが、やはり立つわけにはいかない……。

空は雲一つない、快晴だ。

朝から世界の果てまで照らすようなこの夏の明るさは、天が今日の調査に味方してくれたのだと思える。港から吹き付ける塩っぽい風と、強烈な暑さが余計だが。

「絶好の調査日和ね。これだけ明るければ、もしも関所の窓が小さくても、記録の字がなんなく読めるわ」

「私はまだ大雅国の字を読むのがそれほど早くありませんが、足を引っ張らないよう、頑張ります」

私と路易は、州府所有の馬車に揺られながら、関所を目指していた。海雲州に入るのに、一月前に通った関所だ。

州府の書写室にはたくさん紙があったので、使わせてもらおうと拝借してきた。

　私達が荷物を馬車に載せて、関所に向かう旨を伝えると、営繕局の職員達はなぜか嬉しそうだった。私と路易が白理に逃げ帰ろうとしていると思ったらしい。

　誤解を解くべく、「羅凱さんのご提案で関所で調べものをする」と伝えるなり、彼らは目に見えて落胆していた。

　車内は暑いので、少しでも風に当たりたい私は窓に縋りつきながら、向かいに座る路易にボヤく。

「本当、州府の人達って失礼ですよね。私達を、家に侵入してきた鼠みたいに扱うんだから」

「鼠みたいというより、鼠そのものだと思っているのでは……。皇帝陛下の設けられた派遣期限まであと二月ですが、ずっとこの扱いなのでしょうね。私も、せっかく公主様の西加瑠語がめきめき上達されているところでしたのに、この期間にお教えできず残念です」

　そう言う路易の声色は、言葉とは裏腹に平坦なもので、私のように気が滅入るものではなかった。温度差が気になり、彼を密かに観察してしまう。

　路易は窓の外に目をやっていた。きっと、街路樹の楡の木や大小様々な大きさの家屋が、彼の視界を流れている。

（そうか。路易さんは私と違って、大雅国では後宮の中にずっと暮らしていたんだもの。

ここの生活で感じていることが、私とは全然違うのかもしれない。だって、今までは宮城や皇城から出ることが、ほぼなかったんだから）

そんな生活を続けていた路易には、海雲州での毎日は、自由という別の良さがあるのかもしれない。早く白理に帰りたい、と思うのはもしかして私のわがままだろうか。

もしも路易が海雲州にできるだけ長くいたいのなら、私も考えを変えなければ。

「路易さんは、ここに期限いっぱいまでいたいですか？」

路易は目を車窓から離し、意外なことを聞かれた、と言いたげに私の方へゆっくりと視線を移した。碧い目を何度か瞬き、呟く。

「すみません……改めて聞かれますと、咄嗟にすぐ自分の考えが出てこないですね。自分の働く場所を、自分自身で選べることが長らくなかったので。そうですね……、私の本音を言えば、実は海雲州での生活を、少し楽しんでいます」

「そうだったんですね。それでしたら、ここでできる調査が終わっても、期限いっぱいまでいましょうか？」

私なりに路易に気を遣った質問に対し、彼は首を左右に振った。

「その必要はありません。私はほんの少し、鳥籠から出られた久しぶりの感覚に、痺れているだけです。帰るべき場所は永秀宮だと、分かっております。羽を切られた鳥は、外に出されても生きてはいけませんからね」

「鳥籠、ですか。たしかに、後宮は鳥籠のようなものかもしれませんね……」

けれど、どこの鳥籠に入りたいかくらいは、自由に選べて良いのではないか。

車窓を眺める路易の横顔を見つめながら、しばしあれこれと考えてしまった。


海雲州の入り口にある関所は、三層に分かれた建物だった。

一番下の層は堅牢(けんろう)な石造りで、中央に赤い大きな門があり、そこを通過するためには過所を関吏に見せる必要がある。

上の二層は木造で、大きな窓があるので内部は明るく快適そうだったが、出入名籍録は残念ながら一層目の一室に保管されており、中は暗かった。

紙を長期保存する関係上、日が当たりすぎる場所は避けられているのだろう。

外気よりも涼しく広い空間に棚が整然と並び、真ん中には大きな机が置かれている。

私達が希望した時期の出入名籍録を棚から出してくれると、関吏は私と路易が机の上に一巻ずつ開いて目を通していくのを、同じ部屋の中で静かに見ていた。入り口近くに置いた椅子に座り、他に何をするでもなく、その場を動かない。

(うーん。作業をずっと見られているのは、やりにくいなぁ。早くどこかに行ってくれないかしら？）

ここで私と路易が何をしたのか、何を話したのかは、全て凱や州府に筒抜けになる気がする。路易との会話をなるべく聞かれたくない私は、彼とほとんど会話をすることなく作業を続けた。

無言の時間がひたすら過ぎていく。

机の周りに置かれた椅子は丸椅子で、背もたれがない簡易な形をしていて、長時間座っていると背中や腰が疲れてくる。楽な姿勢を求めて何度も椅子を動かすが、その度に裙の裾を引いてしまい、また座り直す。

私達が腕を動かすことで発生する衣擦れの音と、紙に指が触れる乾いた音だけが、延々と続く。

出入名籍録には、様々な情報が書かれている。

関所を通った者がどこから来たのか、その身分、名前や年齢、そして最終目的地と目的だ。併せて、牛馬や宝石などの高級品や、武器も携行品として記載される。一応達筆の者が配属されるのか、ありがたいことに字は非常に綺麗で読みやすい。

全てを読んでいく必要はない。私が見たいのは楊皇后の姪の記録なので、名前の欄のみに照準を当て「段玉蘭」と書かれた文字を探す。一件当たりにかかる時間は、瞬きするほどの短い時間で済む。

路易は冬の始まりから、私は終わりから遡って記録を当たっていく。当然ながら大雅国育ちの私の方が、一巻一巻を見終わるのが圧倒的に早い。途中で同姓同名の記録を発見するが、同行者として夫がいたり、海雲州から一時的に出ていたのが戻ってきただけだったり、探している人物像と合致しない。

だが、ついにある記録の前で私の手と視線がぴたりと止まった。

素早く記録を確認する。

（段玉蘭！　年齢は三十三歳、出身は鳥南州で、前職は掃除人……！）

引き続き探すが、他に段玉蘭はいない。

磁器製作所を放り出された女と、この地にやってきた女は同一人物の可能性が、公的記録からも高くなる。

とはいえ、まだ州府に帰るわけにはいかない。

今日の目的は二つあった。

これで一つ目は達成できたのだが、次の仕事に移るのは、関吏が同席している状況では憚られる。関吏にバレないよう、記録があったことを路易に目配せして伝える。

路易は分かるか分からないか程度のごく小さな動きで頷き、すぐに視線を手元の出入名籍録に戻して、何ごともなかったかのようなフリを続ける。

途中で空腹になった私達は、それぞれ持参した粽(ちまき)を素早く平らげ、再び巻物を広げる。最早(もはや)夏の記録は見倒し、春の記録に移っている。

やがて昼を過ぎる頃。近くにいた関吏が、初めて席を立った。

(やった。やっと動いてくれる？)

流石(さすが)に見張る意味を感じなくなったのか、もしくは予想以上に長丁場になったからか、私達の粘りの甲斐(かい)あって、関吏が部屋を出ていく。

扉が閉まったのを確認してから、持ってきた紙と文具を急いで広げる。

「ようやく出ていってくれましたね！　お腹(なか)が空(す)いたんでしょうか。路易さん、春先の記録を書き移せるだけ、書き写していきましょう！」

私達が玉蘭の記録以外に重点的に見たいのは、春先の記録なのだ。今日の二番目の目的は、本来皇帝陛下から命じられている事件——商館の放火事件についての調査だった。商館の出火原因は、出入りの掃除人が蠟燭(ろうそく)の火を消し忘れたことだったはずだ。犯人として逮捕された肝心の本人は認めていないという。ならば犯人は、若い掃除人の方だという可能性もある。

「私が商館の放火犯なら、捕まる前にさっさと逃げます。別の州に」

「そうですね。犯人とされて捕まった者が自供していないそうですから、万一のことを考えると逃げるが勝ちかもしれません」

掃除人が本当に海雲州を出て行ったのなら、尚更怪しい。

そのため、火事のあった当日から、一月ほどの間に海雲州を出ていった人物は全員被疑者だ。その情報を、複写しなければならない。

「また見張り番が戻ってきたら困るから、急ぎましょう」

「わかりました。段玉蘭の記録も、こちらに書き写してしまいます」

ふと複写をする手が、思わず止まる。

(そういえば、段玉蘭も磁器製作所で掃除人をしていたのよね。何だか、妙な偶然ね)

私の筆の墨汁が紙に滲んでいくのに気がついた路易が「どうかされましたか?」と声をかけてくる。

慌てて紙から筆を離し、複写を続ける。

「ちょっと考えごとをしてしまいました。関所が閉まる前に、終わらせましょう」

出入名籍録に掲載されている全事項を書き写す必要はない。けれど一部のみとはいえいざ写していくと、予想以上に時間がかかる。

手が疲れてきて、途中から墨汁が掠れがちになり、字も自分以外の人間には判読不可能なのではないかと思えるくらい、雑になってしまう。自分さえ読めればいいし、今は質より量だと開き直って、複写を急ぐ。

欲張るのは禁物だ。

昼食を終えた関吏がまた戻って来たために、春の記録は半分ほどしか転記出来なかったが、不自然に思われないうちに、手を引くのも大事だ。

借りていた記録を全て棚に返し、墨液が乾き切るのを待つのを諦め、手早く複写した紙をまとめる。

関所を出る頃には、目も腰も疲れきっていた。

車内でいびきをかいていた御者を揺すり起こし、州府に戻る頃には、日はとっくに傾いていた。

関所での調査をした翌日、州府での就業時刻に私達の「追い出し部屋」に颯爽と現れたのは、凱だった。

カツン、コツンと堂々たる足音を響かせ、大きく開いた扉の先に現れると、彼は宣言した。

「二人とも、もう仕事は終わりだろう？　さぁ、帰るぞ！」

「凱さん、今日はなぜまたこちらに……？」

「いい酒が手に入ったんでね。今夜は黒猫ちゃんの新居で、宴会を開こうじゃないか！」

「な、なんでまた、私の家で宴会なんですか!?」

凱は両手に持った二本の酒瓶を顔の高さに持ち上げながら、さも当然のように答えた。

「だって、引っ越したんだろ？　この前言っていたじゃないか。それなら祝いをしなくちゃな。あ、食い物の支度なら心配しなくていいぞ。羅家の調理人に腕を振るわせたご馳走を、馬車にたくさん積んできたからな。家まで案内してくれ」

なんて強引なんだ。私が断るという展開は、彼の中に存在しないらしい。二の句が告げない。勢いについていけず、完全に引いている私と路易の前で、凱が続ける。

「路易の口にも合うように、西方の国々の料理も、作らせてきたぞ。羅家の物流網を駆使して、西の香辛料も手に入れてな。まぁ、どこまで本場の味を再現できたかは、分からんが」

私と路易は思わず顔を見合わせてしまった。明らかに路易は関心がある様子で、いつもは白い頬をやや紅潮させている。

西の国々の料理は、どんな味がするのだろう。路易は、どんな料理を食べてきたのか。

「それは、凄く興味があります。正直なところ、路易さんの故郷の料理を、食べてみたいです」

素直に感想を伝えると、凱は腰に両手を当てて胸を反らし、大きく頷いた。

「おお、そうこなくちゃな。それじゃ、早速新居へ行こうじゃないか」

「ただ……、問題が一つありまして。私の新居は本当にボロ屋なんです。お二人とも大丈夫でしょうか」

「そんな、慎み深いな。謙遜は不要だよ」

生まれついての金持ちボンボンの羅家の当主は、きっとボロ屋を正しく想像できていない。一抹の不安を残したまま、私は二人と馬車を海雲州での仮の住まいに、案内した。

私がここ海雲州で借りているのは、州府からすぐの借家が立ち並ぶ場所にある、独り身用の住居だった。

区画の入り口には大家の邸宅があり、部外者が借家の区画内へ入らないように、邸宅の脇に取り付けられた格子戸で一般の道と借家の区画が仕切られていた。格子戸は施錠されているわけでも、後宮のように門番がいるわけでもないが、高齢の大家の男性が、ほぼ終日格子戸が見える邸宅の大きな窓際に腰掛け、区画に出入りする者達を観察している。暇なのか趣味なのか分からないが、住人には心強い。

凱は膝に猫を乗せたまま微動だにしない大家を一瞥し、私に尋ねた。

「あの爺さん、座ってるのか死んでるのか分からないんだが。大丈夫か？」

「毎日あのご様子なので、心配ありません。見慣れてしまえば、門番みたいでむしろ安心できるんですよ」

「なるほど。あれこそ、窓際番だな」

格子戸を開け、借家が並ぶ通りの一番奥まで進み、ひときわ小さい建物の前で私は立ち止まった。

この家は旗竿形の土地に建築されているせいで、入り口部分の幅が妙に狭く、正面から見ると家の幅が扉の幅と屋外に設置された小さな調理場の分しかない。けれども、中に入って玄関を抜ければ、奥側はちゃんと普通の幅がある建物となっている。

「ここが私の新居です。皆さん、奥まで重い物を運んでくださり、ありがとうございます」

凱が連れて来ていた三人の使用人達は皆女性で、両手に料理が入った籠をさげている。重たそうなので早く中に入れてあげたいのだが、三人とも扉と建物を凝視して、石像よろしく固まっている。

その後ろにいる路易は私に気を遣ったのか、もしくはいつも冷静だからか、私の借家を見ても表情を変えることなく、余計なことも言わなかった。

それとは対照的に、凱の反応は実に分かりやすかった。彼は私の家の前で立ち止まり、建物を見上げて喘いだ。

「いや、本当に言葉通りのボロ……いや、慎ましい家だな。ちょっと確認したいんだが、六人も中に入れるか？」

「奥に行けば広々としていますから、ご安心ください。ちゃんと二間もあるんですよ。六人くらい、なんてことはないです」

扉にかけられた南京錠をガチャガチャと開ける間、凱と路易が後ろから覗き込んでくる。

「物凄く立派な錠前がついているんだな。しかも三つもつけているのか？　家屋に不釣り合……いや、流石の泥棒対策だ」

扉を押すと蝶番が軋み、大きな鳥が絞め殺される時に鳴くような、耳をつんざく音が広がる。

家の中に一歩踏み込んだ後で、私は恐々ついてくる凱を振り返る。

「床がちょっと傷んでいまして、なるべく体重をかけないで歩いてくださいね」

「どんな家だよ！」と顔を引き攣らせ、凱が彼なりに努力してるのか、抜き足差し足、中に入ってくる。

だが玄関先付近のやたら幅のない箇所を通り過ぎて奥まで来ると、凱はあからさまに安堵の表情を浮かべた。

「なるほど、中は意外と広いな。むしろこれで宿舎より安いなら、掘り出し物じゃないか？」

たとえ三月だけいる仮の住まいでも、褒められれば嬉しいもので、「ありがとうございます！」と礼を言う。

木の床に車座に座り、凱の使用人達が私達のために早速料理を並べていく。

一人暮らしのこの家にはあまり食器をおいていないので、凱が持参した羅家の杯に酒をトクトクと注ぐ。血のような色をしているので、凝視してしまう。

「赤いだろう？　葡萄から作る酒で、西の国々では水代わりに飲むそうだ」

「本当ですか？」と尋ねると、路易が頷く。

「地方に行きますと、農家では各家庭で飲むための葡萄酒を作っています」

「葡萄は皇帝陛下のおやつになるくらいの、貴重な果物なのに。所変われば、価値が全然違いますね。一滴も溢さないように、気をつけて飲ませていただきます」

私がそう言うと、凱は軽やかに笑った。

笑いごとじゃなく、多分大雅国ではこの酒の一滴が醬油瓶一本に匹敵する価格なのではなかろうか。

「さぁ、乾杯しよう。黒猫ちゃんの引っ越しを祝って。そして、二人の任務が無事完了することを願って！」

凱が高らかに宣言し、私達は揃って杯を掲げた。

私はチビチビと一口だけ口に含み、食事を始める。

籠の蓋を開けるとモクモクと湯気が上がり、白くふっくらとした肉包が姿を現す。乾焼明蝦から上がる湯気は甲殻類の持つ甘く芳しい特有の海鮮の香りを帯びていて、食欲を否応なく掻き立てられる。三人では食べきれないような量があり、まるで皇帝か妃嬪にでもなった気分だ。

口元を緩ませっぱなしになった状態で、凱に礼を言う。

「作り立てを持って来てくださったんですね。ありがとうございます」

路易も胡座をかいた姿勢のまま料理に前のめりになり、言う。

「宿舎の食事はいつも作り置きで冷めていまして。温かい夕食をいただけるのは、久しぶりです」

食事を並べながら、羅家の使用人が凱に説明する。

「こちらが、西の国々の料理にございます。西加瑠王国より西の地域では、豚の腸詰めをよく食べるそうです。大雅国の腸詰めに比べると随分長く、味付けも違います」

皿の上に載っているのは、こんがりとよく焼けた細長い腸詰めで、細切りのくたくたとした黄緑色の葉物野菜が添えられている。

早速頬張った凱が、顔を顰める。

「この野菜はなんだ？　偉く酸味が強いが、これは、まさか痛んでいるんじゃないだろうな……？」

凱も初めて食べるものだったらしく、彼の使用人が慌てて説明をする。

「酢漬けにされた保存野菜だそうです。大雅国では馴染みのない野菜ですが、西ではありふれたもので、畑では地面に丸い球のように転がっているとか」

「面白いですね。実家が織物店を経営しているんですが、西には小さな羊が咲く植物があるらしいですよ」

「おっ、それは知っているぞ。綿花だな。綿の糸は羅商会も数年前から、海雲州の一部の店舗で取り扱い始めたんだ。君の実家もいい所に目をつけたな」

「お願いですから、白理では売らないでください……。今、うちの一番の目玉商品なんです」

凱はハハハと声を立てて笑うものの、否定も肯定もしない。もしかすると、白理にある羅商会の支店で、売り始める予定が既にあるのかもしれない。

（まずいわ。絶対太刀打ち出来なそう）

気を取り直して、滑り落とさないように気をつけて腸詰めを箸で摑み、齧ってみる。

プチっと小気味いい音が口の中で弾け、肉汁が広がる。

肉を小さく挽いているのか、大雅国の腸詰めより柔らかく、肉の味が強く感じられる。

腸詰めと付け合わせの野菜が、一緒に食べると味を補完しあって丁度いい。

感心して肉詰めを食べている私の隣で、路易が食べたそうにじっと見ているのは、茶色い春巻きのような揚げ物だった。

見ているだけで、手を出さない。私や凱より先に手を出すことを、遠慮しているようだ。

ならばと先んじて私が手を伸ばし、皿から一つ取り上げる。薄くて箸では取りにくそうなので、手摑みだ。齧ってみると、中に白くて柔らかいものが詰められている。食べたことのない味だ。

「路易さん、これは揚げ春巻きに似ていますね。春巻きより薄いですが、なんだかしょっぱくて変わった歯応えのものが入ってるんですが……」

私の後に続いてバリバリと齧り始めた凱が「おっ」と声を上げる。

「奶酪が中に詰まっているんだな。面白い。遊牧民がよく食べているから食べたことはあるが、少なくとも海雲州の食堂ではまず売っていないな」

「名前だけは聞いたことがありますが、初めて食べました！　奶酪って、こんな味がするんですね。太い麺みたいな歯ごたえですけど、味は他の何にも似てませんね。まろやかなような、きついような、不思議な味です」

「なんだか、酒の進む味だな！」と言いつつ、凱がグビグビと杯の中の酒を飲み干す。

貴重な葡萄酒を味わう間もなく、喉に流し込んだようで、こちらが無駄に焦燥感に駆られる。

私達が食べ始めたのを見て、ようやく路易も揚げ物に手を出し、咀嚼を始めた。

路易の反応を見たくて、私と凱は彼をじっと見つめてしまう。

「どうだ、路易。西加瑠王国よりも更に西にある国々の料理というのは、本当にこんな感じなのか？」

葡萄酒で再び杯を満たした凱が、路易に尋ねる。

路易は手の中の揚げ物に視線を落としたまま、答えた。

「はい。久しぶりに食べました。これは本当に、懐かしい味です……」

じっくり味わうように、路易はゆっくり咀嚼していた。味だけに集中したいのか、視線を上げることなく、食べ進めている。

「海雲州の方が、都の白理よりも西の食べ物を入手しやすいからな。遠慮なく食べてくれ！」

早々に酔いが回り始めたのか、凱が手を伸ばして私の頭をぽんぽんと叩く。

「海雲州自慢の海鮮料理もあるぞ。焼売の海老までプリプリだからな」

凱がズィッと皿を押し出し、私達に他の料理を勧める。

路易が遠慮がちに酒を飲んで杯を空にするなり、凱がすぐに彼のためにおかわりの葡萄酒を注ぐ。

凱と私の顔を見てから、路易が柔らかく微笑む。

「なんだか、まるで遊牧民や西加瑠王国の宴のようですね。あちらではこうして地べたに座って、大皿に盛って皆で料理をつついて食べるんです」

「なるほど。じゃあ、料理もたくさんありますし、せっかく皆さんで来て下さったことですし、みんなで食べますか？」

私はまだ使っていない取り皿を、壁際に座って控えている三人の使用人達に差し出した。

途端に彼女達は両掌をこちらに見せて左右に振り、「とんでもない」と一様に遠慮を見せる。私の提案は余程彼女たちを混乱させたのか、限界まで後ずさり、壁に背中がめり込む勢いで下がっている。その様子を杯片手に見ていた凱が、面白そうに言う。

「そうか。黒猫ちゃんに言わせれば、一緒に飯を食うことの前に、使用人である事実は、何の意味もないんだったな」

何か吹っ切れたかのように「よし！」と掛け声を上げて、凱が大皿の焼売を取った。

「この羅凱様と宴席を囲める夜を、皆終生誇りに思うがいい。お前達も、今宵は同席致せ。みんなで食う方が、盛り上がりそうだしな」

凱は使用人達の前に置かれた取り皿に、勝手に焼売を盛り始めた。彼女達は感極まったのか、目を赤くしている。

「ところで、昨日は関所に行ったんだろう？　何か分かったか？」

我が家の椀に酒を注いで使用人に手渡しながら、凱が私に尋ねる。

「お陰様で、ゆっくりと出入名籍録を調べることができました。段玉蘭さんには、色々とお聞きしたいことが出来ました。こちらでの住所も分かりましたので、今度彼女を訪ねてみたいと思っています」

「それがいいな。玉蘭とやらが、土やら技術を西加瑠王国の奴らに橋渡ししているに違いない」

「海雲州から西加瑠王国に向かう船は、商館の船と羅商会の船だけなのでしょうか？」

「ああ、そうだ。州府から貿易の独占権を受けて、長いこと海雲州の港は羅家の独壇場だったんだがな。皇帝から許可を得た西加瑠王国の商館が出来てから、奴らの船が貿易のために来航するようになって、今は両方の船がある」

言い終えてから、凱は「あっ」と呟いた。

「言っておくが、玉蘭とうちの船は何の関係もないぞ？　なんなら、今までの積荷目録を提出してもいい」

「西加瑠王国の船に同じ物を要求するのは、難しそうですねぇ……」

最早土の輸出については追いかけるつもりはないものの、一応それらしく相槌を打っておく。

「で、路易。州刺史から聞いたが、お前は後宮では貴妃様に仕えていたらしいじゃないか。最高位の妃に、どうやって気に入られたんだ？　世界を渡り歩いた処世術を、俺に伝授してくれ」

早くも酔いが回っているのか、凱が路易の肩をバンバンと叩く。

私の右隣に座った羅家の使用人は、三人の中で一番若く、好奇心を隠しきれない様子で私に尋ねてきた。

「お二人は都からいらしたんですよね？　白理は大きいんでしょうね。私も一度は行ってみたいです。宮城はとても広くて、走っても走っても、門の隅から隅までなかなか辿りつかないと聞きました」

宮城の中を走る姿を想像し、思わず笑いがこみ上げる。

「そうですね。宮城は外から見ても大きいですが、中に入ると迷路のようです。白理はたしかに規模の面ではここより上を行きますが、海雲州の方が国外の珍しいものが手に入りやすいですよ。近隣の州と比べても、ここは豊かに見えます」

海雲州のありのままを褒めると、若い使用人はパッと顔を輝かせた。

「ありがとうございます。全部、羅家のお陰です。特に旦那様は、女性の雇用にも力を入れてくださっているんです。私は貧しかった両親を早くに亡くしたんですけれど、旦那様が雇ってくださって本当に助かっています」

私の左隣に座った使用人が、慣れた手つきで海老の殻を剝き、海老を私の皿に載せてくれる。

「旦那様には、本当に頭が上がりません。不憫な身の上の者達から、優先的に温情の手を差し伸べてくださるんです」

「それは素晴らしいですね。海雲州に来て驚いたのは、凱さんがたくさんの方々から凄く慕われていることです。――特に女性達から」

するると両隣の二人は、プッと噴き出して笑った。

「仰る通り、色んな意味で慕っている女達が多いですね！」

羅家の使用人達は遠慮の塊だったので、どんどん食べ物を勧めた。酒が進むにつれて、会話も盛り上がっていき、皆でよく笑い、よく食べた。

ここのところずっと職場でほぼ無視をされていたため、同性と他愛ない会話ができるのは、久しぶりだった。

路易は凱に葡萄酒を次々と勧められ、「後宮の妃嬪達はどのくらい美人なのか」だの「妃嬪の中で一番性格が悪いのは誰か」といった下世話な質問から「貴妃は皇后になれると思うか」といった答えにくいものまで、質問攻めにされていた。見ていてヒヤヒヤしてしまう。

一方で路易はたくさん酒を飲んだにもかかわらず、顔色は一切変わらなかった。

大雅国の者達よりも、西の国々の人の方が酒に強いと聞いたことはあったが、路易を見る限り、事実らしい。

凱は一番よく飲み、よく話していた。

帰り際、凱は外から幅の狭い私の家を見上げ、満足げに言った。

「蔡邸での夕食、実に楽しかったよ。ご馳走様」

「こちらこそご馳走様でした。美味しいお料理とお酒、ありがとうございました。私がやったことといえば、狭い部屋と数少ない食器を提供したくらいです」

「いやいや、今日は皆で食事できて、楽しかった。後宮の話なんて滅多に聞けるもんじゃないからな。君達といると、意外な発見があるよ」

「何を仰いますか。凱さんこそ、私には意外性の塊です」

凱は路易を馬車で宿舎まで送ると提案したが、路易は何度誘われても、徒歩で帰ると言って申し出を断った。

「硬い奴だなぁ。今夜は無礼講だというのに」と凱が呆れる。

頑なな路易をこれ以上誘うのを諦めた凱が、馬車に乗りながら私に手を振る。

「今度はぜひ、羅邸に遊びに来てくれ」

社交辞令とは思いつつも、一応お礼を言う私に、羅凱の使用人の一人が耳打ちする。

「旦那様は、蔡様をとても気に入られたようですね」

「そ、そうかしら……」

振り返っても、凱に気に入ってもらえるようなことをした覚えはない。今夜彼がうちに連れてきた使用人達の方が、容姿もずっといい。

こんなによくしてもらう、理由が分からない。

私は夜道を一人、歩いて去り行く路易の背中を見つめた。――路易が馬車に乗ることを断ったのは多分、遠慮したからではない。ある程度の線を、凱との付き合いの中に引こうとしたのだ。おそらく、彼は長年各国を渡り歩いて培った警戒心を働かせた。

私も羅家の使用人の言葉に乗せられないよう、気をつけねば。

私達の二つ目の任務は、州府に不正がないかを調べることだ。

私と路易は、十日ほどかけて海雲州のあちこちの店舗にせっせと足を運んだ。

これまで州府に納入された物品を調べるためだ。基本的に州府に消耗品や家具を売ったり、工事を請け負えるのは入札で最低価格を提示した者に限られる。

「値段の安さだけで選ぶから、私の椅子が棘だらけの粗悪品なのかもしれないわね」

今朝も発見した棘を取ろうと、朝からヤスリでゴリゴリと自分の椅子の背もたれを削る。

路易が気遣わしげに口を開く。

「あの……。言いにくいんですが、その椅子どんどん小さくなっていませんか？」

「えっ⁉　もしかして削り過ぎたかしら？　そのうち背もたれがなくなったりして」

冗談は置いといて、問題は納入業者の大半が羅一族の経営する店だということだ。あっちもこっちも羅一族だらけで。

「羅一族の業者の価格は、いつも他の業者の中で提示された最低価格より、ほんの少しだけ安いんですよ。判で押したように、ちょっとだけ」

「他の業者が提示した価格を州府からあらかじめ教えてもらってから、価格を決めたのでしょうね」

それでは羅一族の扱う商品はそんなに安いのかと疑問に思い、納品されたいくつかの商品の実店舗での値段を見に行ったらところ、やはり入札した値段よりずっと高い。

問題は、どの納品も結局入札の時に提示した価格では収まらず、後で追加支払いが発生していることだ。当初の見積りがいつも甘いのなら、次の入札でその業者を外すべきだが、出来ないのは州が恩ある羅一族が相手だからだろう。

「州刺史の懐が潤うのは、この辺りの事情からかしら。でも、もし賄賂をもらっているとすれば、どうやってお金を羅凱から受け取ったのかが、分かりませんね。州府はいつも人がいるし、羅凱はすぐ注目を集めるから、堂々とお金を持ってきて渡すのは目立って危険ですし」

心なしか薄くなった気がする椅子の背もたれに寄りかかり、腕を組んで宙を睨む。すると路易が珍しく眉間に皺を寄せ、ポツリと言った。

「悪事を隠すのに、慈善事業を隠れ蓑にしている可能性はありませんか？」

たしかに、羅家は弱者のための施設を作り、多数の慈善事業をしていた。けれど私は無意識のうちに、慈善事業を疑いの対象から外していたのだ。慈善事業は悪事と関係ないところにあり、汚いことに利用したりしないはずだ、と思い込んでいた。

もしや、あちこちの国を見てきた路易の経験からくる勘だろうか。

「私は全く気づかなかった着眼点ですが、早速調べてみましょう！」

凱は自前の慈善活動だけでなく、州立の貧者向けの医務院に対する寄付も行っている。医務院の院長は代々の州刺史で、特筆すべきはこの医務院には随分たくさんの業者が寄付をしていることだ。

しかもこちらは金銭ではなく、薬や患者向けの古着を寄付している。おまけにどの業者も、見覚えがある。

「この医務院に寄付している業者って、州府への物品の納品業者とほぼ一緒だわ。この棘椅子の納品業者までいるじゃないの」

帳簿の該当部分を指で差して、路易に見せる。彼は字を見つめたまま、確信に満ちた口調で言った。

「つまり、全員羅凱の親戚ということですね。一連の流れから想像するに、寄付物品の中に金を入れて、州刺史の手に定期的に渡る仕組みなのでしょう」

静かな書写室を見渡す。海雲州のこの追い出し部屋に放り込まれ、もうすぐ二月だ。

「路易さん、少しずつですが着実に海雲州府の闇に斬り込めましたね」

「州刺史を問い詰めるには、もう少し材料が欲しいですね。こちらの州刺史は羅凱と太く強い絆で結ばれているように見えますし、図太そうですから」

日頃は口調が穏やかで、他人を悪く言ったりしない路易にしては珍しい。

「路易さんに図太いと言われるということは、これはもう相当な図太さですよ」

「私だってたまには、悪口を言いますよ？」

「あっ、ひょっとして永秀宮では私のことを香麗さんあたりと、ドケチとか開かない金庫番とか呼んでいるんじゃないですか？」

半分は思いつきで聞いてみたのに、路易ははっきりとは否定せず、何故か微笑んでいるだけだ。その反応が凄く気になる。

「ま、まさか、図星でしたか？　本当に永秀宮の皆さんと、路易さんまで私のことを……」

「すみません、慌てっぷりが面白くて、つい様子を覗ってしまいました。悪く言ったりしていませんよ」

「面白いって……！」

路易まで私をからかうとは。

「そもそも蔡主計官の文句を言うと、貴妃様のお叱りを受けるんですよ。公主様も、貴女が大好きなんですから」

「あ、ありがとうございます……。自分から言い出したくせに、恥ずかしいです」

席の上でモゾモゾと動き、座面に敷いている遊牧民の小さな絨毯の長い毛足をいじる。

路易は真っ直ぐに顔を向けたまま、小さく深呼吸をした。

「州府に着くまでは、実は色々と心配していました。私は帳簿の見方も分かりませんし足手まといですから、てっきり蔡主計官は私がいても、こちらでの調査をお一人でするおつもりで、私を交ぜてくれないのではないかと危惧していました。手伝わせてくれて、こんな私にも色々と任せてくれて、嬉しかったです」

まさかそんな風に思っていたとは。私はここへ来てから、ずっと路易を頼りにしていたというのに。

本心を言うのが照れ臭くて、私も隣の席の路易はあえて見ず、正面の壁を見つめたまま言った。

「手伝わせるも何も、路易さんがいらっしゃらなかったら、私は早々に潰れていたと思います。こちらこそ、路易さんが一緒で何度も救われましたよ」

皇帝から州府へ出向を命じられた時。私は最初、路易と自分のことを、心許(こころもと)ない二人だと思っていた。

(だけど、あれは間違いだったわ。私達、結構息の合った相棒だったと思う)

路易と私はしばらくの間、お互いにかけ合った言葉を頭の中で咀嚼(そしゃく)するかのように、黙っていた。

それはとても心地よい沈黙だった。

第四章　海雲州府への出向は、命がけ

海雲州にやってきてから、二月が過ぎた。

ここでの生活にも慣れ、今日は州府が休みのため、私はせっせと葱油餅を焼いていた。

やっと昼食が出来上がり、さぁ食べようと大口を開けた直後。急に訪ねてきたのは、凱だった。

颯爽と現れた凱は、私を昼食に誘うなり大股で一歩踏み出し、私が借りている家の床を不注意にも、踏み抜いた。

修理費はいくらになるんだろう、ここでの給与が全部飛んでしまうのではないか、と目玉が飛び出るほど驚く私をよそに、凱が私の腕を引き、外へと連れ出していく。

「後で修理に人をやる」という凱の言葉を信じるしかない。まさか「偉大なる太陽のごとき羅家の若き当主」は、修理代をケチったりはしないだろう。

急かされるようにして、玄関扉に三重に南京錠をかけた。

何事も己の思う通りに事態が進んでいくと信じて疑わない凱によって、ほとんど引っ張られるようにして、借家の区画を出る。

凱と一緒に歩いていると、道の先にいた少女が私をピンと指差し「金瞳の捨て猫窓際番だ！」と大きな声を出す。凱が私の州府での初日に、私のあだ名が「黒猫」だということを広めてしまったため、最近では街中の人まで私を黒猫だの捨て猫だのと呼ぶのだ。

おまけに少女の母親まで私のことを「大左遷された役人」と呼んでいる。切ない。

どうやら私を連れて歩く凱の姿は、「捨て猫のお世話をする親切な私達の羅凱様」としか見えないらしい。

凱は大股でズンズン進んでいくので、ついていくのが大変だ。

「凱さん、もう少しゆっくり歩いていただけませんか？　痛っ……！」

突然凱が立ち止まったので、彼の肩に鼻をぶつけてしまう。鼻血でも出るんじゃないかと心配になり、空いている方の左手で鼻を押さえる。

「なぜ急に止まるんですか」と苦情を言おうとした私は凱の視線を辿って、彼と同じく言葉を失った。

通りの先から、途方もなく豪華な馬車がやってきている。車体は高価な贈答品のように艶やかな布飾りで包まれ、それを引く馬達にも海沿いの街に照りつける真昼の陽光を眩しく反射する、金銀の装飾が鞍周りに付けられ、まるで輝く物体が駆けてくるようだ。

どこぞの王侯貴族を乗せた馬車だろう。

呆然と馬車を凝視する私と凱の前で、馬車は正確に止まった。

縁に房飾りが付いた重そうな垂れ布を片腕でよけ、馬車から顔を出した人物を前に、息をするのも忘れる。

（あり得ない。他人の空似かもしれない。いやいや、でも……）

水色の半臂の上に巻かれた帯は貴石がふんだんに縫い付けられ、下に着ている衫は大きな袖に細かな刺繍がされた別布で飾られている。豪奢な衣を纏っているが、動きにくそうだ。

耳から上の髪を後頭部で束ねた頭上に戴いているのは、銀線を編んで形作った帽子だ。青空のような冴え冴えとした石がはまっていて、人目を引く。というより銀製の帽子を被っているのは廟の中に祀られている神々の像だけだと思っていた。目立つだけで実用性のないその帽子を、実際に被っている人がいることに驚きを隠せない。

――こんなに派手な衣装を着たところは、見たことがない。けれど、何度瞬きして顔を凝視しても、やはり馬車から出てくるのは柏尚書だった。

どちらかと言えば、外見において目立つことを好まない傾向があるように思えた柏尚書が、これでもかと派手に登場したことに、当惑してしまう。

柏尚書が重そうな帽子をものともせず、滑らかな動作で馬車を降りてこちらに歩いてくる中、凱が彼と私の間で忙しく視線を移す。

「あのやたら目立つ男は、前にどこかで——そうだ、羅商会の白理支店で会った男じゃないか？」

説明せねばと思うものの、動揺し過ぎて頭の中がまとまらず、口から言葉が出てこない。とりあえず首だけは激しく縦に振り、問われたことを肯定する。

ここにいるはずのない人物の登場に、絶句する私に向かって柏尚書が言う。

「州府の宿舎に向かう途中だったんだが、まさかこんな所で偶然すれ違うとは」

柏尚書には、まだ新しい住所を教えていなかったのだ。凱に摑まれたままの手首に柏尚書の焦点が当てられ、彼が凱をぎろりと睨んだので、急いで手を振り解く。

「なぜ、こちらに⁉」

やっと出せた私の声は、物凄く上擦っている。それに対して柏尚書は怖いくらいに綺麗な微笑を浮かべ、サラリと答えた。

「私も何か分かれば、すぐに海雲州に駆けつけると言ったでしょう？」

（そういえば、たしかに言っていたけれど……。でも、白理から片道五日もかかるのに、本当に来るなんて思わなかった！）

柏尚書が口元だけは微笑んだまま、切れ長の瞳を鋭く凱に向ける。

「お取り込み中のところ申し訳ないが、彼女に急用がありまして。いかがでしょう、少し彼女との時間をいただけますか？」

凱が気分を害したのか、腕組みをして胸を外らす。

「俺も結構な急用があるんだがな。昼食を食わせるっていう」

「それでしたら、私が致しましょう。どうやらこちらの方が緊急のようですので、月花との昼食は後日にしていただけませんか？」

今度はあからさまに不機嫌そうに、凱が眉根を寄せる。

「ああん？　あんた、かなり図々しいぞ。突然現れて、この俺に用事を後回しにしろ、だと？」

「あの、凱さん、この人は……」

「お前、どこの誰だ？」

凱が少し大きな声を出し、柏尚書に一歩詰め寄る。

目立ちすぎる馬車のせいで、私達は往来の注目を集めていた。歩行者が立ち止まってチラチラと私達三人を見てきて、とても恥ずかしい。

柏尚書はサッと手を伸ばし、私の右手を取りながら凱に言った。

「私は戸部尚書の柏偉光といいます。白理を三日前に出て、今しがた海雲州に着いたばかりです」

「はっ⁉　戸部尚書⁉　じゃ、あんたが黒猫ちゃんの婚約者か」と驚きの声を上げる凱の横で、私は「三日前⁉」と所要日数に気を取られる。

異様な早さで片道をやってきたようだ。どうやって二日も短縮したのだろう。

「私の婚約者を、そのように呼ぶのはやめていただきたい」

緊張感のある沈黙が、私達を包む。

凱は舌打ちをしてから、顔を柏尚書から背けた。

「分かったよ。あんたのことは気に食わないが、今日のところは俺が引こう」

凱は大きな溜め息をついてから、私を見下ろして肩をすくめた。

「ここで口論しても仕方ないからな」

「も、申し訳ないです……」

「いやいや。あんたの婚約者、色々と凄いな」

どこまで冗談なのかはっきりしないが、凱は大真面目にそう言うと、私の頭をポンポンと軽く叩いた。

それが別れの合図だったのか、私達に背を向けて歩き出す凱に、急いで声をかける。

「あの……、せっかく誘ってくださったのに、すみません！」

「しょうがないから、路易(ルイ)を誘うよ。昼飯は、また今度な～」と返してくれながら、凱が後ろ向きのまま右手をヒラヒラと振る。

飄々(ひょうひょう)とした凱の背中が遠ざかると、私は柏尚書を振り返った。

「柏尚書──、色々と驚き過ぎて何から聞けばいいのか分からないんですが……」

柏尚書は私の手を摑んだまま、まだ凱の後ろ姿を目で追っていた。

「三日前に白理を出発されたって、本当ですか？」

私が興奮気味に問いかけると、柏尚書は凱を見るのをやめ、ようやく私を見下ろした。

「ああ、もちろん。単身で乗り込んでも出来ることは限られるから、白理を出る時は陛下の命令で禁軍と一緒だったんだ。でも大所帯だと速度が落ちるから、途中で置いてきたよ。彼らも急いでいたから、丸一日もすれば、到着するだろう」

「禁軍を置いてきちゃったんですか……。でも、このやたらゴテゴテした馬車で三日も走ったんですか？」

しかも、その首が曲がりそうな帽子を被って？

「いやいや、まさか。この馬車はさっき隣の州で借りたんだ。馬車ではあまり速度が出ないからね。馬を借りるまでは、馬に乗ってひたすら走ってきたんだ」

「物凄い駿馬だったんですね」

「それもあるが、寝食を省けば時間は倍になるからな」

まさか睡眠を取らずに、食事も省いてやって来たと言いたいのだろうか。

「いやいや、単純計算すればそうなるかもしれませんが、だからって戦争中の伝令使じゃあるまいし……」

柏尚書が掴んでいる私の右手首を更に強くギュッと握り、やや恨めしげに言った。

「やはり急いで来て、よかった。お陰で君が他の男と食事に行くのを止められた。陛下には戸部を空けるなと始めは止められたんだが、万が一、君が羅凱と手を組んで海雲州にいついてしまったら、国家の損失だと訴えたり、私に一生未婚でいろと仰るのかと恨み言を言ったら大笑いされて、許していただけたよ」

「それは、どういう笑いだったのでしょうね……」

「笑いも何も、私は至って本気だ。本当に徹夜で飛ばしてきたんだ。断言するが、今私は君より空腹で昼食を必要としている」

冗談かと一瞬思ったが、私を見下ろす柏尚書の瞳はあくまでも真剣だ。その真っ直ぐさに、返す言葉を失う。

「実は路易には毎日、状況報告書を提出させていたんだ。彼の日誌に、羅凱が君のことを気に入っているようだと書かれていてね」

　穏やかな表情でそこまで話すと、柏尚書は一転して表情を硬くさせ、ややぶっきらぼうに言った。

「最近の日誌には羅凱が君の頭を撫でているだとか、用件がなくてもしつこく会いにくると書かれていたから、通りで君を引っ張るあの男を見て、黙っていられなかった」

「頭は撫でるというより、子どもみたいにポンポン叩くだけですよ。さっきも見たでしょう？」

「君は子どもではないから、十分不快だ。そんなことをしていいのは、私だけでいたい」

（な、何それ、急に……！　ええと、これはもしかして、世間で言う独占欲ってやつかしら――？）

　恥ずかしくなってしまい、話題を微妙に変える。

「路易さんが何と手紙に書いたのかは分かりませんが、凱は州府にいる私に会いに来るというより、路易さんと私が何をしているのかを見張ろうとしている、というのが正しいと思います」

　柏尚書は顎に手を当て、しばし考え込んでから口を開いた。

「――どうやら、はめられたな」

「はめられたとは、どういう意味ですか？」

「昼食に行くつもりだった割には、急に割って入った私に対して引き下がるのが、随分早くてあっさりしているなと思ったんだ」

「それは柏尚書が、天下の戸部尚書だと名乗ったからじゃないですか？　しかも白理から三日で来たとなれば、誰でも遠慮するしかないですよ」

「あの男が中央の役人ふぜいを恐れるものか。どう見ても食わせ者だ」

柏尚書は剣呑な眼差しのまま、一歩私との距離を縮める。手を摑まれているし、至近距離で見下ろされて急に彼との近さにドキドキしてしまう。

「もしかして、君が私と婚約していることを、羅凱に結構前から教えてあった？」

「たしかに、海雲州に来た始めの頃に言いましたよ。もちろん路易が」

すると柏尚書は溜め息をついた。

「やはりな。羅凱は君にさっさと白理に戻ってもらうてっとり早い方法を、よく分かっていたようだ」

「と言いますと？」

「羅凱が君に接近していくのを私が何らかの手段で知れば、心配して君を連れ戻しに来ると踏んだんだろう」

「連れ戻すって……。でも柏尚書は海雲州について、何か重大なことが分かったから、禁軍まで連れて馬を飛ばしていらしたんですよね？　一体何が分かったんですか？」

そんなにすぐに伝えたいこととは、何だったのかが気になり、せっついてしまう。

柏尚書は急に屈むと、やっと私の手首を離すなり私を抱き上げた。

「わわっ！　柏尚書……」

「とりあえず馬車に乗ろう。誰かに聞かれない場所で、食事をしながら話がしたい」

「わ、分かりました。丁度葱油餅を作ったところなので、一緒に私の家に行きましょう。床に穴が空いているので、それさえ気にならなければ」

「君は、床に穴が空いた家に住んでいるのか……？」

柏尚書の顔から瞬きするわずかな間に、表情が消える。

「違いますよ。ついさっき、凱が床を踏み抜いたんです。あ、彼がうちに来たのはまだ二度目ですよ？」

まずい。柏尚書の顔が再び曇っていく。眉間の皺と、私を睨み上げる漆黒の瞳に、軽く恐怖を覚える。

「その一度目は、一体何を？」

「その時は、六人で楽しく健全な宴会をしただけです。路易さんもいましたよ！」

「ああ、そういえばそんな報告もあったな」と呟きながら、柏尚書が睨んでしまった目の処理に困ったように、私から目を逸らす。

「うちまでご案内しますので、行きましょうか」

下ろしてもらおうと、柏尚書の肩を叩いてみる。だが彼は馬車に向かって歩き出した。

まさかこの派手な馬車を、大家の家の前に停めるつもりだろうか。

家まで歩いてわずかの距離なので、心から遠慮したいが、この馬車では恥ずかしいからやめてくれとは、流石に言えない。

馬車に乗せられると、私は言葉を選んで尋ねた。

「あの、柏尚書はどうして車体が重くて速度が遅そうな……なんて言うか、この賃借料の嵩みそうな、結構目立つ馬車を選ばれたんです？」

「なぜかな。自分でも、よく分からない。敢えて言うなら多分、対抗心かな」

誰に対して、というのは流石の私でも分かったので、尋ねなかった。

葱油餅を食べる柏尚書の姿は、新鮮だった。

新たにもう一枚、焼いたばかりの方を柏尚書にあげて、私は羅凱の突撃訪問でお預けになっていた方を齧る。

既に冷めてしまってはいたが、表も裏も両面ともパリパリした歯応えは残っており、咀嚼するたびに広がる葱が香ばしい。

柏尚書は小さな円卓を私と囲み、器用に葱油餅を手で千切りながら話し出した。

「私は皇帝陛下のお気を煩わせた烏南磁器の土転売について、噂の出所を調査したんだ。都では人口密集地区を中心に広まっていたが、奇妙なことに都の外に出ると、噂を知る者がほとんどいなかった」

「そういえば、海雲州の人達も知っている人がいませんでした」

柏尚書は私が淹れたドクダミ茶を飲んで喉を潤してから、続けた。

「噂の出所を追う調査には、蔡織物店の康輝君にも協力を頼んで、手伝ってもらったんだ。織物店に来るのは、お話好きの女性客が多いからね。主に蔡織物店の客に、誰から土転売の噂を聞いたかを、教えてもらった」

「凄く時間がかかりそうな調査ですね。大変だったのではありませんか？」

「それが、意外に苦労しなかった。噂の出所は主に人ではなく、とある場所に集約されたからね。さて、どこだったと思う？」

不敵に笑う柏尚書は、私から答えを知るはずないと分かっており、すぐに答えを続けた。

「羅商会の白理支店だ。つまり、土の転売にそもそも関わっていないはずの羅凱の経営する商会が、都でなぜか積極的に噂を広めていたんだ」

「羅商会が？　つまり、土の転売は都から離れた所で行われているはずなのに、都の方が噂が回ってるのは、出所が都だったから――ということですか？」

「その通り。そして商会の中で辿ると、広めたのはただ一人だった。問い詰めたところ、海雲州にいる羅凱に命じられて噂を流した、と告白したよ」

（羅凱さんが、どうして？　でも、そのただ一人って、もしかして……）

私は食べかけの葱油餅を皿に戻すと、手に付いた油を拭いてから立ち上がった。部屋の隅にある棚に押し込んでいた紙束を引っ張り出し、柏尚書の正面に座り込み、紙を広げる。

紙の上には、所狭しと様々な人物の氏名と性別、それに年齢などが書き連ねてあった。

「少し前に、路易さんと海雲州に入る関所の関吏に頼んで、出入名籍録を見せてもらったことがあるんです。それを勝手に写したんですが、この中に見覚えがある名前はありますか？」

名前が読みやすいよう、紙を柏尚書の方に向ける。彼は胡座をかいて床に置かれた紙を一枚一枚とめくり始めた。漆黒の瞳が紙の端から端までを、かなりの速さで流れていく。

「この男」

トン、と柏尚書が人差し指を紙面の一点に落とす。指の下には、方天佑という男の名前が書かれていた。

「君の記録によれば、この男の目的地は白理になっているが、信じ難いことにこの『方天佑』は、都で磁土の転売の噂を広めた張本人だ。つまり、噂の出所だよ」

手を伸ばして紙を両手で持ち、自分が読みやすいように上下を変える。自分の口角が上がっていくのを、止められない。

（読みが当たったわ！　点と点が、ついに繋がったじゃないの）

「来ましたね。これで決まりましたよ！　実はこの名簿は、私の中では西加瑠王国の商館に火を付けた容疑者名簿なんです。火事のあった直後に、海雲州を出た者達の記録なので」

私と柏尚書は、目を合わせたまま、声を立てて笑い出した。

柏尚書はひとしきり笑ってから、余程愉快だったのか目尻にたまった涙を拭う。

「君は、本当に凄いな」

柏尚書が上半身を傾け、私との距離を詰める。彼は私の耳元に顔を寄せた。

「会えない間が、寂しかった。本当だよ」

「分かっています。あの……、陛下に海雲州行きを命じられた時は、柏尚書に酷い態度を取ってしまってごめんなさい。私が白理を出発する時も、こっそり見送りにいらしてくれたんですよね？」

「月花は怒って当然だった。——もう私を怒っていない？」

「怒って……ません」

消え入りそうな声でそう答える。

家の中に柏尚書と二人きりだという事実に今更気がつき、血流が押し上げられる。彼の存在を意識してしまって、ドクドクと鼓動する心臓の音を聞かれないうちに、慌てて話を仕事の話に戻す。

「それで……、凱さんはなぜ商館に火を付けたり、西加瑠王国を貶めるような噂を都で撒かせたりしたんでしょう？」

柏尚書は少し寂しそうに苦笑してから、いつもの厳しく怜悧な目つきに戻った。

「一番の目的は、商館を閉鎖させたかったんだろう。羅凱にとって、交易路の独占を邪魔されて、西加瑠王国は邪魔な存在でしかない。商館が出来てから、州への中央の役人の出入りも増えて、不正のお陰で独り勝ちだった海雲州内での商売も雲行きが怪しくなってきたからね。羅家には死活問題だ」

「州刺史も一網打尽に出来るといいですね。証拠になりそうな帳簿は既に書き写してありますが」

「州刺史と羅凱を押さえれば、陛下のご懸念は払拭できたも同然だ。方天佑は既に拘束させている。私が白理を出る直前だったから、まだ羅凱は何も知らないはずだ」

それでは、皇帝に陳情書を出したのは誰だったのだろう。方天佑の犯行を知っていたか、もしくは逮捕された掃除人が無実だと余程の確信があったか。

「掃除人といえば、烏南磁器の製作所で働いていた楊皇后の姪も、掃除人でしたよね。私は彼女のことがちょっと気になっています」

「路易の日誌に書いてあった段玉蘭か？　彼女は海雲州にいるらしいね」

「柏尚書、玉蘭さんに会いに行ってみませんか？　何か知っているかもしれません。そもそも彼女は烏南磁器については、罪を押し付けられたわけですし。住所も出入名籍録から転記済みなんです」

楊皇后を処刑した将軍を祖父に持つ身としては、進んでその親族に会いに行く気にはなれないかもしれない。でも私は、柏尚書は会いたいのではないかとも思った。処刑後も毎年、命日に楊皇后へのお供えを欠かさない柏尚書のことだから。

柏尚書は静かに頷いた。

「そうだな。――会いに行くべきだ」

柏尚書にとっては、玉蘭に自分も恨まれている可能性が高く、気軽に決められることではない。それでも彼は会うことを選んだ。彼にとって大きな意味を持つであろうその瞬間に、私が立ち会えることを、誇りに思う。

「それでは、今からすぐに向かいますか？　丁度柏尚書が馬車をお持ちですし」

「あの馬車で乗り付けるのは、流石にまずいな。歩いて行こう」

「その重量級のお帽子も、脱ぎましょうか……？」

「それがいいね」

少し照れたように頷く柏尚書は、なんだか可愛い。

柏尚書は葱油餅の最後の一切れを口に押し込むと、立ち上がった。

段玉蘭の家は、私の家と同じように借家が立ち並ぶ一角にあった。だが海雲州の中心部から離れた地域にあるせいか、人通りはまばらで、家の周囲もどこか荒ぶれた雰囲気があった。

木造の家の外壁には砂埃がたまり、灰色に薄汚れている。玄関前に置かれた籐の籠はいつからそこにあるのか、中に溜まった枯葉が腐りかけている。

唯一、玄関扉だけは手を掛ける部分が綺麗で、住人がいることが窺える。

外から薄い扉を叩き、何度か名を呼んで声をかけても、反応がない。

「お留守でしょうか？」

しばらく戸口で待ちぼうけ、柏尚書と家の住人の反応を待った。

これは不在なのだろう、といよいよ引き返そうと思った時。柏尚書がもう一度呼びかけた。

「段玉蘭さん。いらっしゃるのならお会いできませんか？　私は柏偉光と申します。――柏将軍の孫です」

そんなことを伝えたら、たとえいたとしても余計に出てくれなくなってしまうのではないか、と思っていると意外にも扉がゆっくり開き、中から痩身の女性が出てきた。

髪は後ろの低い位置で一つに束ねている。出入名籍録によれば玉蘭は三十三歳だが、それよりも老けて見える。

玉蘭は扉が開くなり、すぐに顔を顰めて私達に注意をした。

「そんなことを大きな声で言わないで！」

続けて辺りの様子を窺うように、首をキョロキョロ振る。

「本当にあの柏将軍の孫なの？」

「はい。白理から来ました。突然お訪ねして、申し訳ありません」

「何をしに来たの？　私は処刑された女のことなんて、もう忘れて生きたいのに。せっかくここで平和に生きているのに、蒸し返しに来ないで！」

やはりこの女性が楊皇后の姪の段玉蘭なのだ。追い返されないうちに急いで用件を切り出す。

「すみません。私達は都から来たんですが、その前に彼は烏南州にも行っておりまして。玉蘭さんはここに来る前は烏南州にいらしたんですよね？」

「そうだけど。あそこは貧乏な州だから、仕事を探しにここに来たのよ。ここではどこから来たのか、どういう家の者か、なんてことを根掘り葉掘り聞く風習がなかったから。で、何の用？」

「実は都で烏南磁器に関して、妙な噂が回っておりまして」

玉蘭は更に表情を硬くさせた。烏南磁器製作所を楊皇后の姪だというだけで解雇された理不尽な出来事が、彼女にとって楽しい思い出なはずがない。

「ど、どんな噂よ？」と声を潜めると、玉蘭は顔だけ出している扉の隙間から、警戒心を露わに私達を見つめる。私達は敵対しに来たのではないと伝えるため、私はまず自分の考えを伝えることにした。

「今、白理では西加瑠王国が烏南磁器の技術を盗んだ、と話題になっているんです。ですが、両者の磁器は似ていますが材料自体が異なるので、この噂は出鱈目だと分かりました。

ただ、私達も都から来たばかりで事情に明るくないので、色々と教えていただきたいんです」

こちらは何かを調べに来たのではなく、教えてもらいに来たのだと言うことを強調すると、玉蘭は警戒を緩めてくれたのか、ぶっきらぼうに大きく息を吐き、私達を手招きした。

「まぁ、仕方ないわね。そういうことなら入って頂戴」

家の中は昼間でも薄暗く、狭い家屋の中を無理に数部屋に分けているせいか、余計に窮屈さを感じた。だが入ってすぐの居間に置かれている、数少ない家具類のうち円卓と三脚の椅子は、失礼ながら不釣り合いなほど立派なものだった。

背もたれには蔓と藤の花のような彫刻が施され、経年劣化なのか座面に刺繡された糸が切れたり飛び出たりしてはいるものの、管理がもっと良い状態だったなら、後宮で妃嬪達が使っていてもおかしくはない代物だ。

外からは見えなかった玉蘭の所有物の一部に、楊皇后の親戚という事実の一端が感じられる。

椅子は傷があり、艶はとうの昔になくなっていたが、幸い棘一つない。ありがたく座らせてもらい、三人で腰を下ろすと、玉蘭が更に続ける。

「まさか、あの馬鹿製作所長は、私がその技術を売り渡した犯人だとでも言ったんじゃないでしょうね？」

「いいえ、違います。貴女に濡れ衣を着せようとしたのは、羅凱さんです」

「何ですって！　あの糞野郎！」

あまりに汚い言葉が出てきたので、私は驚いてしまい、次に何を言おうとしていたのかを忘れてしまった。啞然とする私に気づいた玉蘭が、自嘲気味に口を歪める。綺麗に並んだ白い歯や整った鼻梁に、美女だったという楊皇后の顔立ちをなんとか想像しようとする。

柏尚書が机の上で手を組んで、口を開く。

「所長から、玉蘭さんは先々代の皇帝の寵姫だった楊皇后の姪御さんだと聞きました」

玉蘭は私達と合わせていた目をふっと逸らし、やるせない溜め息をついた。

「困るのよね。そうやってなんでも話してしまう人がいるから、いつまでもどこまでも、不名誉な親族の話がつきまとうのよ。私は楊皇后とは、会ったことすらないのに」

柏尚書が念押しのように尋ねる。

「貴女の父親が、楊皇后の兄君だったんですよね？」

「ええ、そうよ。物心つかないうちに、烏南州の金持ちの所の養女になったのよ。私は母が愛人だったけど、当時は楊一族が権勢をふるっていたから、とてもありがたがられたわ。

結局楊皇后は失脚して、私も家を放り出されたけれど」

玉蘭の義父母は自分達に火の粉が飛ばないように、玉蘭を切り捨てたのだろうか。酷い話だ。

玉蘭は物言いたげな視線を柏尚書に送った。真っ直ぐに見つめ返す柏尚書に向かって、玉蘭が責める口調で言う。

「着ているものを見れば、あんたが都のお偉い人だと、すぐに分かるよ。よく私を訪ねてこんな貧民街までのこのこやってきたわね」

「柏家は処刑を礎に陛下から重用していただいておりますので、楊一族からは批判を受けても仕方がないと思っています」

「楊皇后は愛されていただけだし、楊一族は当時の皇帝から与えられた恩恵を受けて権勢をふるっていただけよ。それなのに一部の民衆による暴動が起きたことを理由に、私達は全て奪われたわ」

とはいえ、暴動は一部の民衆によるものだったが、悲しいことに処刑はほとんどの民が望んだものだった。

それに処刑のことで柏尚書を非難するのは、公平じゃない。彼自身は祖父が楊皇后を処刑した当時、生まれてすらいなかったのだから。

だが私が何か言う前に、柏尚書が答えた。

「祖父は、最期まで処刑のことを後悔していました」

「えっ……。本当に？」

「ごくたまに私に当時の話をしてくれる時、祖父はいつも辛そうでした」

柏尚書の言ったことが事実なのか見極めようとしているのか、玉蘭はしばらくの間、物言わず彼をじっと見た。

「祖父は英雄と呼ばれることを、嫌っていました。そう呼ばれるに値することをしたとは、思っていなかったのです」

玉蘭が柏尚書から目を離す。彼女は息を小さく吐いて、宙を見つめた。頬のこけた横顔が、どこか寂しく疲れて見える。

「それなら、叔母の最期は思ったほど残酷なものではなかったかもしれないわね。ほんの少し、気持ちが和らいだわ。私は別に、あんたに私の人生が行き詰まっていることの責任を取れ、なんて言うつもりはないわよ」

玉蘭は窓の方へ首を向けた。隣家との距離が近く、更に日当たりが悪いせいで、見えるものは暗い外壁だけだ。

「本当のことを言うとね、ずっと皇帝や都の人達……いいえ、皆を恨んでいたわ。でもね、海雲州に来て、やっぱり楊一族はおかしかったんだって、やっと分かったのよ。ここの中流以上の人達は皆、羅凱を異様に尊敬していて、海雲州では羅凱が皇帝でしょう？　羅家をまるで皇帝を崇めるように子どもの頃から躾けられるから、ここで生まれ育つと羅凱に無条件に熱い信望を寄せるのよ。でも貧しい者達は、どこまでも置き去りにされているの」

「羅一族はいいこともしていますが、だからと言って彼らの不正に目を瞑る盾にはできませんよね」

「その通りよ。当主の羅凱の傍若無人ぶりは、目に余るわ。何の罪もない人間を、自分の都合で平然と犯罪者に仕立て上げるような男よ」

まるで実際にそんなことがあったかのような言いぶりが、気になる。聞ける機会は今しかないのだから、気になったことは逐一聞くに限る。

「それは酷いですね。例えばどんなことがあったのでしょうか？」

水を向けてみると、玉蘭は嫌なことを思い出したとでも言いたげに、円卓に乗せていた手をグッと握って拳を作り、目をキッときつく見開いて私を見つめた。

「近所に親切なお爺さんがいたのよ。腰は曲がっていたけれど手先が器用で几帳面で、雨漏りや荷車の故障があると、タダで直してくれたのよ。たまに井戸で会う時はいつも世間話をしていたし、同じ仕事をしていたから愚痴も語り合ったりして。でも春に無実の罪を着せられて、捕まってしまったの」

「ええと、玉蘭さんはこちらの州では、今どんなお仕事を？」

「今は公園の掃除人をしているわ。……何も掃除が好きなわけじゃないのよ。よそ者で身元を保証してくれる人もいないから、できる仕事も限られているのよ」

無意識に円卓に身を乗り出してしまう。落ち着け、冷静になれと自分に言い聞かせながらも、頭の中でこれまでの出来事を整理する。

段玉蘭は恐らく幼少期を裕福な家庭で過ごした。そして理不尽にも、烏南州を追い出されたも同然に海雲州へ来て。そして、きっと。

「ご存じでしょうか、玉蘭さん。春に西加瑠王国の商館で失火があったんですが、犯人として捕まったのは掃除人だったそうです」

「もちろん知っているわ。近所のお爺さんが犯人にでっち上げられて捕まった事件は、その火事だもの。でも冤罪よ！　几帳面な彼が蠟燭を放置するはずがないもの。独り身で庇ってくれる人もいなくて。それにね、私が州府に抗議に行った時に、職員に脅されたのよ。『犯人が捕まって、もう終わった事件なのだからこれ以上騒ぐな。あの男の無罪を主張したら、お前など羅凱様が簡単に消すぞ』って！」

「どうして羅凱さんが？」

「知らないわよ！　でもここで不可解・不条理なことが起きれば、全部裏で羅一族の力が働いていると思って間違いないわ」

そんなのおかしい。海雲州ではなく、羅州と言っても過言ではないようだ。隣に座る柏尚書と目を合わせると、彼も同じことを思ったのか小さく頷いた。

州を私物化する羅一族。これこそが、皇帝が懸念している状況だった。

西加瑠王国の商館に火をつけさせた凱にとっては、自分とは関わりのない人物に罪を押し付けて処罰する方が都合がいいので、冤罪を主張する玉蘭は邪魔以外の何者でもなかったのだろう。だからこそ、都からやってきた私達が土転売を調べていると知るや、今度は邪魔な玉蘭を都合よく犯人に仕立てようとしたのだ。

玉蘭は怒りで声を震わせた。

「私達は無力だから、声を上げても聞いてもらえないのよ。何に一番腹が立つって、羅凱は抵抗ができない、一番弱い立場の者に罪を押し付けたということなの！　私達のような社会の一番下にいる者達が不当な扱いを受けても、誰も親身になんてなってくれないのよ」

狭い室内に玉蘭の渾身の訴えが響いた。この声は州府には届かなかったのだろう。けれど、別の場所に──違う道筋で、もっと上には届いたのだ。

私はゆっくりと息を吸い込み、慎重に尋ねた。

「玉蘭さん。もしかして、商館での火事を中央に知らせようと、陳情書を出されませんでしたか？」

玉蘭は口をつぐみ、痩せて落ち窪んだ目を瞬いて私を見つめている。

「その書状は都に届き、皇帝陛下が読まれました。そして陛下は書かれたことをお信じになり、私をここに派遣されたのです」

玉蘭の乾燥でひび割れた唇が薄く開き、肩が上下して彼女の呼吸が荒くなっていく。顔を紅潮させた彼女が顔を顰めると目が潤み出し、瞬きと共に涙が頬を伝い落ちる。

玉蘭は円卓に乗せていた自分の両手を震わせながら握り、呼吸を整えるように何度も大きく息を吐いた。

「そうだったの。あの陳情書を、読んでもらえたのね。ありもしない疑いをかけられて製作所は解雇になったけれど……、これで私も誰かに信頼されることがあるんだと、自信がついたわ」

凱は玉蘭が個人的な恨みから土や技術を横流ししているなどと言っていたが、とんでもない誤りだ。むしろ彼女は、国のために動いたのだ。

涙を袖で拭う玉蘭に、柏尚書が真摯な眼差し（まなざし）を向けながら声をかける。

「陳情書を出してくださり、ありがとうございます。これ以上、州府と羅凱に勝手な真似（まね）はさせません」

玉蘭は柏尚書の顔をひたと見て、大きく頷いた。

「羅凱と州刺史が下手な隠蔽工作に走る前に、まずは州刺史を落とします。陛下からは多少手荒な真似をしても構わない、と許可を得てますから」

柏尚書が椅子から立ち上がった。ここで聞くべきことは終わったのだ。次にやるべきことまで、あまり間を開けない方がいい。

私は深々と頭を下げた。

「突然お邪魔した上に色々と不躾（ぶしつけ）なことをお尋ねして、ご迷惑をおかけしました。凱さんの悪事を問い詰めれば、お爺さんの冤罪は明らかになるはずです」

玉蘭はしっかりと私を見つめ、大きく頷いた。

「頼んだわよ」

私の代わりに「お任せください」と答えたのは柏尚書だった。その声は、とても感慨深げだった。

州刺史は数年で交代するため、家を買うことはまずない。

現海雲州刺史も、例に漏れず宿舎を借りていた。とはいえ、路易が与えられたような最低限の広さの部屋などではなく、一棟からなる、屋敷のような立派な宿舎だ。

今日は州府が開いていないため、海雲州刺史は宿舎にいた。

柏尚書は扉をドンドンと叩くと、顔を出した州刺史に宣言した。

「皇城の戸部の者です。海雲州府に税金の不正使用の疑いがあるため、ただ今より貴方に尋問を行います」

州刺史は柏尚書の顔を見るなり目を見開き、一人だったからかだらしなく緩めていた帯を大慌てで締め直した。柏尚書を見上げて唇を震わせながら、口を開く。

「こんな前触れもなく、どういうことですか！　いくら戸部尚書でも、失礼なのではありませんか？」

州刺史は柏尚書の隣に私が立っていることに遅ればせながら気づいたのか、私を指差しかなりの剣幕で言った。

「おい、黒猫窓際番！　お前があることないこと、出鱈目を戸部に報告したんだろう！　さては左遷を取り消してもらおうと、私の州府を陥れるくだらん画策をしたな？」

「くだらない画策をしたのは貴方の方です、州刺史。それに海雲州府は貴方のものではなく、ほとんど羅凱さんの私物と化してるじゃないですか」

「何を根拠に！」と唾を飛ばす勢いで怒りを露わにする州刺史に対し、私は一歩踏み出して彼の目の前に立ち、よく見えるように手に抱えていた帳簿の写しを次々に広げる。

「ご覧ください。ここに転記した入札は、全て裏工作で不当に安く成立させたものです。結局はどの契約も事後の請求で高くつき、羅一族だけがうまみを得ています。そして、その後で貴方も賄賂を受け取っているんじゃないですか？」

「なんだと！」

「そもそも貿易独占権もたくさんの商家や組合の応募の中から、毎年羅家が選ばれて権利を更新しています。その理由が毎年、ただ前年分を複写しただけで、何の検討もされていません」

「黙れ小娘が！」

州刺史が私の手から写しを取り上げ、地面に放る。怒りが収まらないのか、彼は勢いよく右手を私の首元に突き出した。

喉に正面から強い力が加わったせいで一瞬呼吸が止まり、視界が暗転する。押された衝撃で体が後ろに傾き、後ずさるのが間に合わず、崩れるように尻餅をついてしまう。

尻と腰を硬い石畳の地面に打ち付けて大変痛いが、何よりも喉が痛くて苦しい。喉に栓が出来たように息が吸えず、両手で首元を押さえて引っ掻く。

（いき、息ってどうやって吸うんだっけ？　吐けないし、吸えない！）

「月花!!　口を開けて息を吸うんだ！」

座り込む私の隣に柏尚書が膝をつき、私の手を首から剝がして顔を覗き込む。

私は口を閉じているのだろうか。そんなことに気づいておらず、言われた通りに必死に口を大きく開けて、空気を取り込もうとする。

「ゴホッ、ゴホゴホッ！」という咳と共に、ようやく呼吸が出来るようになり、目に浮かんだ涙を袖で拭う。

柏尚書は私の手を押さえ、首を覗き込んできた。

「触ると痛む？」

焦りを滲ませた心配そうな声で、柏尚書が片手で私の首元に軽く触れながら、こちらの様子を窺っている。

「いいえ。もう大丈夫です。びっくりして……少しの間、息が止まっただけです」

呼吸が落ち着いた私を立ち上がらせると、柏尚書は物凄い形相で州刺史に詰め寄った。

「よくもこんな手荒な真似を！」

殴りかかってもおかしくない勢いなので、念のため柏尚書の右腕を強く摑み、それ以上彼が動けないよう制止する。

州刺史は体格差のある者に詰め寄られ、流石に圧倒されたのか、顔に怯えを滲ませつつも堂々と反論した。

「私は、教育の行き届いていない部下を指導したまでです。この者は左遷されて内務府から来ましたが、一緒に来た宦官諸共、大変使えませんで。何もせず部屋に籠っているか、遊びにフラフラ出かけるかのどちらかでございまして」

柏尚書が一転して凄みのある笑顔を浮かべ、右側にしがみつく私をそっと離してから、州刺史を脅すように言う。

「蔡月花は四日前に、今日付けで内務府に戻されることが決まりましたよ。既に彼女は貴方の部下ではありません」

「そんな馬鹿な。口から出まかせでしょう？」

「蔡主計官は、黒い噂のある海雲州府に潜入捜査をしていたのです」

「嘘でしょう！　だいたいそんなことを、一体誰の命令で？　戸部尚書殿、貴方ですか？だとすれば、尚更信用できませんな」

「私のはずがないでしょう。これは、皇帝陛下の御命令です」

キッパリと言い切った柏尚書の前で、州刺史は顎から力が抜けたかのように口を開けて呆けた。真ん丸になった目は小刻みに左右に泳ぎ、目眩でもしたのかふらついた後で、開いたままの扉に摑まる。

柏尚書の説明が続く。

「蔡主計官は後宮の長年のしきたりを改革し、陛下の一番の寵姫すら失脚させ、大事な局面に皇帝が自分の権限を委任して送り出すほど信頼をしている官吏です。彼女に無体を働けば、次こそ貴方の首が飛びますよ」

動揺したのか、荒い呼吸をする州刺史に、柏尚書が冷たい目を向ける。

「西加瑠王国の商館で火事があった報告を、怠りましたね。州刺史という立場にもかかわらず、貴方はそれが中央に報告すべき重大事故だと気づかず、小さな事故に見せかけてさっさと片付けるために、罪のない掃除人に全て背負わせ、犯人をでっち上げた。ですが真犯人は羅商会の職員だと、知っていましたか？」

「羅商会だと？　そんなはずは」

「黒幕は羅凱本人です。彼は都の白理でも、故意に西加瑠王国と我が国の友好関係を損なおうと画策しました。これ以上あの男を庇おうとするなら、貴方も大雅国の逆賊とみなされますよ」

まだ反論の余地があると考えているのか、州刺史は拳を握って地団駄を踏む。興奮しているのか、鼻の穴を膨らませて顔を真っ赤にしている。そこへ柏尚書がダメ押しの一言を放つ。

「間もなく、禁軍が到着します。これが陛下の御命令だと、貴方にも分かるでしょう」

ついに州刺史は状況を悟ったらしい。地面に両膝をつき、両手で顔を覆う。

「くそぅ。だから……だから！　羅一族は、やり過ぎだと思ったんだ。本当に、仕方なかったんだ。考えてもみてくれ。所詮数年しかいない州刺史に、何ができる？」

地面に散らばった紙を拾い集め、私は逆上する州刺史に向かって溜め息をついた。

「数年しかいない州刺史だからこそ、糾弾すべきだったのです。貴方にしかできないはずでした」

「こんなはずじゃ、なかったのに。あと数年で退官だったはずが……」

少し前まで私の上司中の上司だったはずの州刺史に、命じる。

「最早不正は中央に見破られ、羅凱もうすぐ捕らえられます。貴方に今できることは、これ以上悪事を重ねないことです。今すぐ州府へ行き、羅一族の息の根がかかった職員が帳簿類を改竄したり、廃棄することがないよう、保全に努めてください」

州刺史は「分かりました」と力無く答え、項垂れた。

羅邸は歩いていける距離にはないため、私達は馬車を取りに家まで戻ることにした。

州府の前に広がる大通りを、二人で急ぐ。

私は先ほどの会話で腑に落ちなかったことを尋ねた。

「さっき州刺史に、皇帝の権限の委任のことを話されましたよね？　身に覚えがないんですが、柏尚書らしくもなく話を盛って話されたんですか？」

「盛ったも何も、事実だよ。皇城で陛下から玉冊をもらったでしょう？」

「はい。まだ開封していないので、何が書かれているのかは私も分からないんですが」

「私も知らないが、恐らく州府の人々を君に従わせるために、それに近いことが書かれているのだと思う」

なるほど。

それなら次に陛下にお会いする前に、使わないともったいない。宝の持ち腐れだ。

「州刺史はちゃんと、証拠の保全に協力してくれますかね？」

私達が去った後、州府に向かってくれただろうか。不安に思って柏尚書に尋ねる。

だが柏尚書は小さく肩をすくめた。

「まさかこの期に及んで改心せず、まだ悪事を重ねるほど状況が読めない無能ではないだろう」

大通りの中央にある市場では、夕方が近くなったせいか食事の材料の買い出しに出る人々が増え、一日の中で最も混雑する時間にさしかかっていた。

「白理にも異国の品々を売る店はたくさんありますけど、こんな風に狭い範囲に密集して異国情緒溢れる店が林立しているのは面白いですよね。店員達も人種が様々なのは、流石に都ではあり得ませんし」

壺や皿などの陶器を売る店では、夏の快晴の空のような青色の商品が店頭に並んでいる。どれも分厚く重そうで後宮では好まれなそうだが、物珍しさからか立ち止まって見ていく客も少なくない。

柏尚書がしみじみと言う。

「大雅国では縁起が良い赤色が好まれるが、国によって人気のある色は違うんだな」

隣を歩きながら同じく陶器屋を見つめて、柏尚書に相槌を打つ。

「烏南磁器を外国に売り出すとしたら、まずは西の民に好かれる青色や大皿から試してみると売れるかもしれませんね」

「国や地域の好みに合わせて売る、ということか。なるほど、今度磁器製作所長に伝えておこう」

通り沿いには、大きな装身具店があった。繁盛しているのか、店内ばかりか店先まで商品を品定めする女性客で溢れている。羨ましい状況だが、商品を観察すると後宮の妃嬪達には受けが悪そうだ。商品のほとんどが木製なのである。

もちろん、木で出来た簪や指輪ばかりではない。貝細工のものもある。海雲州は海に接しているが、大海原に漕ぎでるとやがて南にも大きな大陸があるのだという。南国でしか取れないような、鮮やかな色の美しい貝を使った首飾りも売られている。

「後宮では西域風のものが流行していますけど第一に、いかにも高級そうな物でないと、妃嬪達は見向きもしないんですよね。子宝商品は別として……」

妃嬪達が好むのはやはり金銀や貴石、珊瑚でできたものだった。

派手な色の布が巻き付けられた、輪状の耳飾りが人気商品なのか、店の入り口近くの最も目立つ場所にたくさん並べられ、楽しげに女性客達が好みの模様のものを、あれでもないこれでもないと選んでいる。

繁盛中の店をまさに通り過ぎようとしたところで、私の足が止まった。

(あれ？　既視感のあるものが、売られているわ)

装身具店では自分で組み立てて作るための材料も販売しており、組紐や金属製の小さな環っかや可愛く色付けされた陶器の玉などが並べられている。その商品の一角に、小指の先ほどの大きさの赤い玉が小瓶に入れられて置かれていた。

吸い寄せられるようにフラフラと近寄り、手に取ってみる。

「これ、誰かが……、たしか李充容様がされていました。こんな所で見るなんて。色艶が鮮やかだけど血赤珊瑚とも違ったので、珍しいなと思って記憶に残っているんですよね」

柏尚書も隣に立ち、小瓶を取り上げて覗き込む。彼が手首を使って小瓶を揺すると、中の玉がシャラシャラと音を立てた。

「何かの実のようだな」

「お客様、それは唐小豆の種子ですよ。連ねて装飾に用いたり、南では木の器の中に入れて、振ることで鳴る楽器の材料としても使われてるらしいです」

愛想笑いを浮かべて柏尚書の後ろに立ったのは、店主らしき初老の男性だった。

「種子だったんですね。唐小豆、ですか。初めて聞きました」

柏尚書でも知らないことがあるのだな、と妙なところに気を取られている私を差し置いて、彼は店主に尋ねた。

「南の大陸から仕入れたんですか?」

「ええ。羅商会の船が南の大陸から買い付けてきたものです。あそこに頼めば、珍しいものがたくさん手に入りますから。羅家様様ですよ!」

（変だな。李貴人の父親は中書侍郎だから、彼女は生まれも育ちも都で、生粋の白理っ子のはずだけど。どこでこんな珍しい、柏尚書すら知らないものを、手に入れたのかしら……？）

手を伸ばし、柏尚書がもつ小瓶の中の赤い玉を人差し指でツンとつつく。すると店主は冗談めかして言った。

「見事な発色の種子ですが、間違っても口には入れないでくださいね。毒がありまして、数粒でも嚙んで食べてしまえば、大人の致死量の猛毒らしいですよ！」

「ええっ！」

怖くなって思わず手を離す。

「脅かすつもりはなかったんですけどね」と軽やかに笑う店主に見送られながら店を出た後も、私の頭の中は腑に落ちないものが残った。

脳裏に蘇るのは、李充容の姿だ。キラキラと輝く金色の留金の下で、この赤い玉が連なってぶら下がり、耳元で揺れていた。彼女がこの耳飾りを最後にしていたのは、いつだろう。

急に体調を崩し、帰らぬ人となった李充容が、もしもこの唐小豆の毒で亡くなったのだとしたら？

考えごとをしながら歩いていた私は、少し行った所で立ち止まってしまった。釣られて同じく足を止め、怪訝そうにこちらを見下ろす柏尚書に、思いついてしまったことを明かす。

「もしも、唐小豆の種子をすり潰したものが、李充容に盛られた毒だったとしたら……って考えてしまったんです。あり得ないと思うんですけど。だって、彼女が亡くなる前に口にしたのは、女官達と同じものだったんです」

「当時の詳しい状況を私は知らないから断言は出来ないけれど、順序によってはあり得ないこともない。例えば、李充容が食べた後に加熱をした場合なら」

それはどういうことか。柏尚書の言わんとすることが分からず、自分の頭をガリガリと掻いてしまう。加熱が今の話に、どう関係しているのだろう。

女官達から聞いたあの日の万蘭宮での出来事を、順を追って思い出す。

「たしかに、李充容様が食べた粥に関しては、鍋に残ったものを万蘭宮で温め直して女官達で残りを平らげたらしいのですが」

「豆科のもつ有毒な成分は、蛋白質でできていることがほとんどなんだ。そして蛋白質は、熱を加えると変性して失活する。つまり、煮るなり茹でるなりすれば、毒抜きができる」

「なんてこと……。後宮に戻って、李充容様の遺品を調べたいです。耳飾りが唐小豆で、数が減っているとしたら！」

子どもが生まれたばかりの李充容が、自分の意思で毒を口にするはずがない。恐らく、耳飾りの赤い玉が猛毒だと知っていた何者かに、彼女は殺されたのだ。

愛琳の推理した通りに。

犯人は今も後宮の中で、何食わぬ顔で暮らしているということか。

「白理に戻ったら、すぐに陛下にもお伝えしよう」

ここでこれ以上、時間を費やすわけにはいかない。凱を捕らえたら、海雲州での任務も終了だ。一刻も早く凱に会わねばと、走り出した。

羅邸は州の中心地からは遠く、小高い丘になった場所に立っていた。

どれだけ敷地が広いのか、瓦葺の塀はどこまでも続いている。

門扉は非常に立派で、重厚な甍が重ねられて反り返った屋根付きのものだ。圧倒されて、しばし無言で立ち尽くす。門の前に立って後ろを振り返れば、海雲州を見下ろせる。まるで「この州の支配者ここにあり」と主張しているかのようだ。

「それにしても、大きなお屋敷なのに門番らしき人が一人もいないですね」

柏尚書が借りてきたとんでもなく派手な馬車で乗りつけたにもかかわらず、屋敷からは誰も私達を迎えに出てこないのだ。初めて来た場所とはいえ、この事態を異様に思えるのは気のせいだろうか。

門を開けてもらうべく、拳でうるさく叩いてみるも、誰も中から出てこない。ただ鴉が一羽、バサバサと翼の音を立て門の向こうからどこかへと飛び去っていく。なんだか、不吉だ。

「すみませ〜ん！　お留守でしょうか？」

返事が戻ってくるのを待つが、無意味に時だけが過ぎていく。

人の気配が全くなく、静けさも少し行き過ぎている気がして、軽く鳥肌が立つ。

「こんな豪邸なのに、使用人が一人もいないんですかね？　誰も出てこないなんて、変ですね。……って、あれ？　開きました」

軽く門扉を押してみたところ、閂は下ろされていなかったのか、なんと容易に開いてしまった。そのまま恐る恐る、敷地の中へと入っていく。

「州刺史を私達が訪ねてから、しばらく経っている。事態に気づいた誰かが、羅凱に報告を入れた可能性もあるな」

「まさか、凱さんは逃げたんでしょうか」

「逃亡したか、隠れているか、或いは……」

中に入ると、溜め息が漏れた。

歩道となる足下には純白の玉砂利が敷き詰められ、道なりに植えられた低木は寸分の乱れもなく、丁寧に葉を切り揃えられている。

広い前庭の奥には青い屋根の木造の屋敷がいくつも並び、回廊でつながっている。長い回廊には何枚もの陶板が張られた上に大きな朱色の龍が描かれ、訪問者を威嚇しているように感じてしまう。屋敷の手前には細い川が流れ、風流な赤い弧を描く橋が架けられていて、最早宮殿のような雰囲気を醸し出している。

勝手に中に入っていることに気後れしつつも、人を探して私と柏尚書は奥へと進み、橋を渡っていく。

「あの～。ごめんください！　どなたかいらっしゃいませんか？」

声を張り上げて呼びかけるも、返事はない。

広い庭なのに、使用人も見当たらない。夜逃げでもしたような雰囲気だ。

人様の家にこんなことを言うのも失礼だが、正直不気味だ。

母家らしき一番大きな建物の前まで行き、油紙の張られた手の込んだ飾り格子の扉を開ける。

重たい扉を滑らせ、顔を上げて家の中を覗き込んだ私は、自分の目を疑った。

玄関には大きな屏風が立てられ、その前にはいかにも私が来るのを待っていたかのように凱が立ち、どこか荒んだ笑みを浮かべてこちらをじっと見ていた。

私と柏尚書は敷居を越えるのをためらった。なぜなら、凱の足元にはまるで人形のように路易が転がされ、その首元近くの木の床には、凱が右手に携えた剣が刺さっていたから。

「凱さん、路易さんに……何をしたんですか……？」

「まだ、何もしていないよ。でも考えていたんだ。路易に何かあれば、西加瑠王国の奴らは怒るだろうか？」

凱はこの間、微動だにしなかった。そして異様な状況にも拘わらず、硬直したまま口角を微かに上げている彼の様子が、ひたすら私を混乱させる。

「どうして、凱さんは……西加瑠王国を、怒らせたいんですか？」

急に凱が上半身を仰け反らせ、大きな笑い声を立てた。驚いてこちらはビクッと身を固くしてしまう。

「どうしてって、当たり前じゃないか!!　あいつらがしゃしゃり出てきたせいで、羅家がどれだけ被害を受けているか！　自分の家の庭を荒らす奴らを、憎んで何が悪い？」

「庭とは、南の海のことですか？　海はみんなのものであって、羅家だけのものではありません」

「違うな。異国との貿易が許される開港は南部には海雲州にしかなく、海雲州は羅家のものだ。ならば我が一族が海を独占する」

「凱さん、それこそ間違っているでしょう」

「ここには、ここのやり方があるんだ」

「貴方は自分の私利私欲のために、ここを牛耳っているだけじゃないですか！」

感情的になってしまった私に代わって、柏尚書が凱に話しかける。

「貴方は羅商会の白理支店にいる方天佑に命じて、西加瑠王国の商館に放火をさせましたね。そして資金を与えて、逃亡の手助けをした。彼が故意に西加瑠王国の悪評を立てて広めたのは、貴方の命令だったと自供しましたよ」

「知らないねぇ。証拠はないんだろ？」

私は持参した帳簿の書き写しを、両手で胸の高さまで持ち上げた。帳簿の数字は金と物の動きをそのものであり、起きたこととその裏の思惑を物語る。

「別の悪事の証拠なら、ここにあります。貴方は長年、羅家が州を牛耳っている状況を変えたくなかった。けれど商館が出来て以来、また烏南州の不祥事があってから州府への中央の監視が厳しくなって自由が利かなくなったことを、煙たく思っていたんじゃないですか？　羅家は州府と癒着して、便宜を図ってもらっていましたよね」

凱は床に広がる路易の金髪を片足で踏みつけ、舌打ちした。

「ふん。なぜよその国に港を開く必要がある？　そもそも、西加瑠王国に公主を嫁がせることが、間違っている。西加瑠王国もどうせ路易の国のように、数世紀くらいで地図から消える国だろうよ」

凱が剣を少しでも動かせば、路易の無防備な首を傷つけそうで気が気ではない。

「路易さんを放してください」

「黒猫ちゃん。穏便に交換条件といこうじゃないか。君が今抱えている帳簿の原本をここに持って来な。路易はそれと引き換えだ」

証拠を破棄する気なのだ。そんなことはできないし、させられない。

でも、どうにかして路易を助けなければ。

「どっちも……だめです」

ははは、と凱が笑う。どうしてこんな時に笑うのだろう。しかも面白いからではなく、嘲りの込められた笑いに聞こえる。

「全く、黒猫ちゃんには呆れたよ。でも想像通りの反応だな。後宮に掃いて捨てるほどいる宦官と、自分の左遷が取り消してもらえるかもしれない大事な書類を、同列に考えるなんてね。俺なら、とっとと路易を置いていくね」

「凱さんは、きっとそんなことしません」

「俺は貪欲でね。天秤にかけられないものなど、存在しないよ。ほら、こんな風に……」

私の決断を促すかのように、凱は手に持つ剣を傾けて路易に刃を近づけた。

「やめてください！」と私が叫んだのと、柏尚書が動いたのは同時だった。彼は玄関横に置かれていた人の背丈ほどの長い燭台を摑み、凱に突き出した。向けられた燭台の先に刺さる白い蠟燭をちらりと見てから、凱は不敵な笑みを浮かべた。

「火のついていない蠟燭を向けても、武器にはならないぞ、戸部尚書殿」

凱は剣を携えていない方の手で、指をパチンと鳴らした。すると彼の後ろの屛風の裏から、次々と屈強な男達が姿を現す。

皆、手に剣や矛を持っており、完全に多勢に無勢だ。屋敷に人がいないと思ったら、護衛だけは集めていたらしい。悪事を働くのを見られては困る使用人達は、人払いしてあったのだ。

男達を見た柏尚書は降参するかのように燭台を引き、凱から遠ざけた。そして私達を捕らえようと一番先頭の男が近づいてきた直後、蠟燭を抜き取り、素早く燭台の先を男の分厚い肩に突き刺した。

「ぐあああぁぁぁっ!!」

肩に燭台を突き立てられた男は絶叫し、肩を押さえて倒れ込み、床を転がり回る。抜き取られた燭台の先からは、鮮血が滴り落ちる。

柏尚書が一歩前に踏み出す。

「燭台の先は蠟燭を刺せるように、尖っているのを忘れていましたか？」

柏尚書は燭台を、凱の喉の前で振り回した。血で濡れたそれを咄嗟に凱が仰け反って避けた直後。

それまで人形のように床に転がっていた路易が、急に上半身を起こした。立ち上がるついでに、凱の股間に渾身の肘鉄を喰らわせる。

今度は凱が悶絶する隙に、路易が床から凱の剣を引き抜き、私達の方へ逃げてきた。急に大きく動いたからか、少し足元のふらつく彼に腕を差し伸べる。

「路易さん、大丈夫ですか!?」

路易は頷きつつ、自分の腹の辺りを摩った。

「鳩尾を蹴り上げられまして。少し前から意識が戻っていたんですが、動ける機会を窺っていました」

一人の男が剣を振り回すが、柏尚書がそれを燭台で薙ぎ払う。

「路易、剣をこっちへ！」

路易が柏尚書に腕を伸ばし、凱から奪った剣を手渡す。代わりに路易は燭台を受け取る。

二人の男達が一斉に柏尚書に剣を振り下ろす。もう一人は短剣を握りしめて私と路易の方に向かってくるので、路易が燭台で応戦する。とはいえ燭台では出来ることが限られ、すぐに間合いを詰められてしまう。

路易は燭台で短剣を薙ぎ払おうとしたが、逆に燭台の棒状の部分を男に握られてしまい、力ずくで強奪されそうになっていた。

(何か、武器を！　私もなんとかしなくちゃ。武器になりそうなものが、何かないかな？)

もう一本の燭台は、矛を持つ男の後ろにあり、取るのは無理だ。

私は抱えていた紙の束を下ろすと、肩から下げていた布袋から玉冊を取り出した。玉を束ねたものなので、厚みも硬さもある。これを使うしかない。

両手で玉冊を握りしめ、今しも路易に短剣を刺そうとしている男のこめかみ目掛けて、力一杯振り下ろす。路易を攻撃するのに集中していた男は、私の動きに全く気がつかなかった。

確かな衝撃が手の中の玉冊に伝わり、男が二、三歩よろめいた後で、お尻から後ろ向きに倒れ込む。どうやら気を失ったらしい。路易が男の持つ短剣を燭台で今度こそ払い落とし、急いでそれを私が拾い上げる。

柏尚書は大丈夫だろうかと彼を視線で追うと、丁度彼が勢いよく剣を振り下ろし、一人の男が右手を押さえながら剣を落としたところだった。

袖が破れ、あっという間に生地が赤く染まっていく。

「文官相手に何をやってるんだ！　しっかりしろ！」

既に二人も柏尚書が使い物にならなくしたことに凱が怒り、檄を飛ばす。

柏尚書は、剣をこちらに向けて構え凱を庇うように立つ男との間合いを詰め、剣を振り下ろした。ガシャンと金属がぶつかる音が響き、二度、三度と同じことが繰り返され、どちらも一歩も引かない。

柏尚書が剣を振るうところを初めて見るが、意外にも慣れた身のこなしで、危なげない。とはいえ加勢をしなければと思うものの、最後の砦よろしく凱の隣に立っていた人一倍大柄な男が、矛を両手で握りしめて私と路易目掛けて駆け出した。

（まずい、串刺しにされる！）

燭台や短剣で太刀打ちできる相手ではない。男は野太い雄叫びと共に矛を突き出し、私は玄関の隅に身を寄せ、辛くもその鋭い切っ先を避けた。矛は玄関扉に衝突し、飾り格子の扉に貫通する勢いでめりこむ。

死ぬ。間違いなく、あれに当たれば、命はない。

どこへ逃げようかと素早く見渡す中で、柏尚書が対峙していた男の足を剣で切りつけ、振り向きざまに再び剣を構えてこちらに向かってくるのが見えた。

幸いにも、大男は突き刺さった扉から矛をすぐに抜けなかった。殺傷能力を高めるために、返しが付いているからだろう。

柏尚書は大男のもとまで真っ直ぐにやってくると、迷いなく剣を彼の脇腹に突き立てた。

腹に力が入らないせいか、声なき絶叫を上げる男を一瞥し、柏尚書は剣から手を離した。

「抜いたら出血しますよ。医師が来るまで、転がってなさい」

目と口をパクパクさせ、腹に剣を立てられたまま男が目に涙を浮かべている。物凄く痛そうで正視出来ないが、矛を向けられた身としては、あまり同情したくない。

柏尚書は凱の方へ足を進めながら、言った。

「祖父は武官でしてね。幼い頃から、剣を叩き込まれたんですよ。いつも私には思い切りが足りない、と叱られましたが――。思い切りとはどういうことなのか、今日やっと分かりました」

「大事な婚約者の危機を前に、目覚めたとでも？　俺はあんたがあの柏将軍の孫だというのを、見くびっていたよ」

「明日には都から、貴方を捕らえるために禁軍が来ます。州府にも調査が入りますから、覚悟を決めておきなさい」

凱は柏尚書が間合いを詰めた分だけ、後ずさった。後ろに立つ屏風(びょうぶ)に踵(かかと)が当たり、躓(つまず)いて屏風ごと背後に倒れる。

凱は上半身を急いで起こしたが、急に動きを止めてそのまま倒れた屏風の上に座った。立てた片膝に肘をつき、ゆっくりと笑う。

ここでどうして笑顔を見せるのか。

白い歯を見せる不敵な笑みを不自然に思い、私達が黙っていると、多数の足音が遠くから聞こえた。ガチャガチャという金属音も聞こえ、まるで甲冑(かっちゅう)をつけた者達がこちらに向かってきているようだ。負傷した男達が落とした剣を皆それぞれ拾い上げ、警戒態勢に入る。柄(つか)の部分に血が付着しており、触るのに物凄く抵抗があるが、そんなことを気にしていられる局面ではない。

柏尚書は私を背後に庇うようにして、刀身を再び上向かせた。

こちらへ駆けてくる足音は、少なくとも十人くらいはいそうに思える。

(いくら柏尚書に剣が得意だという隠れた特技があったとしても、大人数相手じゃ太刀打ちできないかもしれない。どうしよう!)

柏尚書の背中を見上げながら手の中の剣の柄を硬く握るが、敵に向かって剣を突き出せばいいのか、振るべきなのかも私には分からない。

玄関にいる皆が目を見開いて見つめる中、矛で穴の空いた扉の脇から登場したのは州刺史だった。

（どうしてこの人が!? 州府に行かせたはずなのに！ まさかまだ凱の味方をするつもり？）

全速力で走ってきたのか、州刺史は肩を大きく上下させて荒い呼吸を繰り返している。

彼は皺に埋もれた目を、床に倒れる男達の間で忙しく往復させ、ゼエゼエと息を切らせながら口を開いた。

「羅凱様。今……」

「州刺史、素晴らしい時に駆けつけてくれた。丁度いい。ここにいる不法侵入者達を、捕らえてくれ」

形勢の逆転に急に自信と元気を取り戻した凱が、大きな声で州刺史に命じる。だが州刺史は入り口に立ち尽くしたまま、動かない。

ようやく呼吸を落ち着けると、州刺史は言った。

「州府にいましがた、都から官吏の不正を取り締まる監察官と、州府の会計監査を行う戸部の官吏が到着しました」

「なんだと？　そんな奴らは適当にあしらえばいい！」

足音と甲冑の音が迫り、剣を手にした兵士達が州刺史の後方に次々と集まってきた。皆揃いの真紅の肩当てと黒い甲冑を纏っている。

柏尚書が手にしていた剣の刀身を、ゆっくりと下ろす。

州刺史は金の屛風の上に座ったままの凱に、言った。

「禁軍です。皇帝陛下直下の軍隊が動いたのです。羅凱様、もう私達はどこにも逃れられません」

凱の頬に白さが増していき、開いたままの口からは何も言葉は出てこない。

事態を呑み込みたくないのだろう。

柏尚書が玄関の中に入ってきた兵士達に、飄々とした様子で声をかける。

「意外と早かったな。君達の到着は明日かと思っていたよ」

「柏尚書に何かあれば、私達の首が飛びますんで！」

柏尚書の無事を確認できた兵士達は、明らかに安堵した様子だった。

凱は悔しげに歯を食いしばり、柏尚書を睨んでいた。

兵士達が負傷した五人の男達を移動させようと肩の下に手を入れ、男達が痛みのあまり唸り声を上げる。その苦しげな声に耳を塞ぎたくなる衝動をなんとか抑える私に、凱が虚ろな目を上げた。

「どこで間違えたんだ？　おかしいな。商館をきちんと全焼させていれば、良かったのか？」

「凱さん。不正を隠そうとして別の不正を行うと、結果的に不正はどんどん大きく悪くなっていくんです」

凱は食いしばった歯の隙間から「くそぅ」と漏らすと脱力し、起こしていた上半身が再び屏風の上に倒れた。彼は右手を自分の額の上に乗せ、力なく言った。

「君を少し低く見積もっていたよ。それが俺の間違いだった」

禁軍の兵達が凱を取り囲み、彼の腕を摑んで乱暴に立ち上がらせる。

凱は億劫そうに首を動かすと、兵達の隙間から、いまだ剣を構えている路易を見た。

「信じてくれないかもしれないが、本当に路易は殺すつもりじゃなかった」

髪の毛を踏みつけておいて、よく言う。

「以前の俺なら間違いなく、君を脅すためにもっと早くに路易を刺していたよ」

そう呟き、凱はノロノロと視線を柏尚書に移して乾いた笑い声を立てた。

「あんたは黒猫ちゃんと出会って、思い切りのよさを得たみたいだが、俺は逆だったよ。

彼女と出会って、臆病になった」

「それは違いますよ。きっと貴方は彼女と出会って——、あらゆる立場の者に平等に接するという、打算のない優しさを知ったんです」

凱は思ってもいなかったことを言われたのか、まるで子どものようにキョトンとした。表情を失ったまま数回目を瞬き、「そうか？」と呟く。彼は天井を見上げ、しばらく黙った。そうして今度は納得したかのように唇の隙間から小さく言った。「そうか……」と。

凱が兵達に引きずり出されていく間、私と路易は何も言わなかった。

手に付いた血を拭い、禁軍の兵達で溢れる羅邸の玄関を出て、広く美しい前庭を歩く。

気持ちのいい水音を立てながら流れる川の上に渡された瀟洒な橋を渡る間も、私の頭の中には未だ疑問が燻っていた。先に橋を渡り終えた柏尚書は、橋から下りてくる私を腕組みをして見上げている。

「なんだか腑に落ちない、と言いたげだね」

「思ったよりあっさりと解決した気がしたんです。もう少し、凱は捕まるまいと私達に抵抗を見せるかと思っていました」

路易を殺すつもりはなかった、という発言はなんだかまるで他の人については計画があるみたいな言い方にも聞こえる。

すると私の後ろにいた路易が、苦笑した。

「十分、彼の手下からの抵抗にあったと思いますが。私など、実際はあと少しで殺されるところでしたよ」

「たしかに、私もあの大男の矛で粉々にされるかとは思いましたけど」

あの時の恐怖をどうにか過ぎ去ったものに変えてしまいたくて、私と路易はアハハと大きな声で笑った。

ただ、柏尚書だけは硬い表情のままだった。

第五章　見合いの結末

監察官と禁軍を残し、私と路易は多忙な柏尚書と一緒に白理への帰路についた。海雲州を出て、五日目の夕方。

見慣れた大きな都・白理の街並みが見えてきて、その少し忙しない空気に包まれると、自分の街に帰ってきたのだなと実感が湧き、心が落ち着く。通りを照らすたくさんの大きな赤い灯籠の温かな明かりが、私達の帰りを歓迎してくれているみたいだ。

もうすぐ日が暮れ、皇城の中に入ることができなくなる時刻なので、私達は一旦家に帰り、明日登城することになっていた。帰る家のない路易は、柏尚書の自宅に泊まるのだ。

二月半ぶりにやっと家に帰れるのが、楽しみで仕方ない。

「やっぱり、白理が一番ですね。この光景に勝るものはないです。いつもの粽屋に、飴売りに、豆乳売りに。お馴染みのものが揃っているとホッとします」

「全部食べ物じゃないか。さっき白理に着く前に食べてきたというのに」

「あっ、言われてみれば……」

やはり都は規模が違う。東西南北に綺麗な碁盤目状に走る路はよく整備され、真っ直ぐに伸びている。広い通りには落ちた食べ物を狙って鳩が集い、そこへ子ども達が走り込んできて、鳩達が一斉に飛んで逃げる。子ども達は鳩が羽ばたいていく様子を、はちきれんばかりの笑顔で楽しんでいる。方々に羽ばたく鳩達の羽が舞い、近くの屋台の店主達は皆顔を顰めるが、子ども達に文句を言うことはない。きっと彼らも昔、無邪気にも同じことをしていた覚えがあるからかもしれない。

「そういえば、羅邸を訪ねた時に、鴉が飛んでいきましたよね」

馬車の窓から目を離し、同乗する二人に話しかける。

「ああ、覚えている。静まり返った中で、バサバサ羽ばたいていったからね」

あの鴉は、東北に向かって飛んでいった。

「もしかして、最初に羅邸から飛んでいったのは、伝書鳩ならぬ、伝書鴉だったのではありませんか？　彼は以前、手下をあちこちに配置していると言っていましたし。どこかに連絡をしたのかもしれません」

「我々を迎え撃つ前の、最後の連絡ということか？」

路易は凱に殺されかけたことを思い出したのか、首元を片手で押さえながら、言った。

「私も、羅邸を出てからずっと考えていたんです。凱が一番恨んでいる人物は、誰だった刺し違えても、最後に手を下したいと思っているのは？

んだろうか、と」

「凱は最後に、外にいる手下に何かを命じたのだとしたら……」

私は新たな恐怖に、正面に座る柏尚書に両手でしがみついた。彼も急速に顔を強ばらせていく。凱が鴉を使って、身勝手な復讐を誰かに託したのだとしたら？

凱の言動から、彼が一番恨んでいるのは誰かを推測する。公主の結婚については快く思っていないようだったが、貴妃を直接恨んでいるとは思えない。

脳裏に蘇るのは、海雲州に着いた日に私が見た凱の姿だった。彼は禁色の衣を纏い、州府の中を颯爽と歩いていた。誰一人それを咎めたり、目くじらを立てたりしなかったことを考えれば、彼にとって黄色に身を包むことは、当然の権利だったのだ。――少なくとも、海雲州の中だけでは。

「凱さんは多分、生まれた時からずっと海雲州の王者でした。彼を中心に経済が回り、行政さえも思うままに操っていたんです。けれど皇帝が西加瑠王国の商館を建てたことで、独裁体制に大きな亀裂が入った。そうして羅家の支配が次第に崩されていくのを、許せなくて。その怒りの矛先は、多分――」

（凱は唯一、自分の存在を脅かす存在に嫉妬しているのだとしたら？）

「凱の手下は、まさか陛下の近くにいるのか？　奴が手下を使って、最後に一矢を報いるつもりか……？」

柏尚書は窓を目一杯開け、御者に向かって叫んだ。

「行き先を変えて、皇城に急いでくれ。門が閉まる前に、最速で走るんだ！」

――皇帝が危ない。

日没を告げる暮鼓が鳴る前に、私達はどうにか皇城に滑り込んだ。まずは内務府に向かう。

総管は皇帝と一緒にいるらしく、既に外朝にはいなかった。

皇帝は内廷でも政務を行う。官吏達を呼ぶ必要がない時は、自身の寝所の近くにある執務所にいて、寝る直前まで文書に目を通すのだ。男である柏尚書は朱明門から先には行けないため、彼を置いて私と路易が皇帝に会いにいく。

ところが、私と路易が必死に走って駆け込んでも執務所には誰もいなかった。

「ここにもいらっしゃらない！　もしかしてどこかの宮に行かれたのかしら？」

「その辺で誰か女官を捕まえて、陛下の行方を尋ねましょう」

焦って外に出るが、辺りを見渡しても誰も歩いていない。既に日没を過ぎているので、皆自分の宮の中にいるのだろう。

とりあえず一番近い永秀宮の前まで走る。門はもう閉められており、仕方なく「貴妃様！」としつこく叫び、扉を拳で何度も叩く。

門扉を少しだけ開けて中から顔を出した宦官は、盛大に眉を顰めていた。「こんな遅くに訪ねてくるなんて、非常識だ」と顔に書いてあるようだ。彼の訝しげな目が私の後ろにいた路易に留まり、はっと見開かれる。

「なんだなんだ、路易じゃないか。いつ戻ったんだ？」

宦官が門扉を大きく開けた拍子に、奥から香麗と貴妃がこちらへ歩いてくるのが見える。

香麗は尊大そうに首を逸らし、大きな声で路易に声をかけてきた。

「騒がしいと思ったら、お前達なの？　路易ったら、今日白理に着くなんて知らなかったわ」

「陛下はどちらですか？　すぐにお会いしたいんです」

「えっ、まだ陛下に挨拶していなかったの？　もう日が沈んじゃっているけれど。……仕方ないわね。陛下は、多分今頃万蘭宮に行っているわよ。永熙皇子が寝る前に、毎晩お顔を見にいかれるから」

なんて間が悪い。焦りと失望で一瞬立ち眩みがする。

「貴妃様、後でご挨拶に伺いますから。御前、失礼致します」

顔の前で素早く手を組み、貴妃に対して膝をごく軽く折って礼を取るが、私とは対照的に丁寧に挨拶をしようと膝をつこうとしている路易の二の腕を摑み、強引に立たせる。礼を尽くしている時間はない。

戸惑う路易を引っ張り、早々に踵を返して一路、万蘭宮へとひた走る。

皇城も宮城も広い。走り続けているから、とっくに息は上がっているし、荒い呼吸をし過ぎて、喉も痛くなってきている。

長い距離を走ったせいで思うように動いてくれない足をどうにか動かし、万蘭宮の門の前に辿り着いた。

疲労のあまり大声を上げることができず、代わりに私と路易は拳で門扉を叩いた。中から宦官がやってくるまでの時間が、とてつもなく長く思える。

門番をしていた宦官は開門するなり、露骨に不機嫌そうに眉間に皺を寄せ、私達を非難した。

「日没後に宮を訪ねるなど、どうかしてますよ？　しかも今は陛下がいらしているので、お招きできません」

「さっき海雲州から戻ったばかりなんです。陛下に至急お会いしたいと、お伝えしてください」

「落ち着いてください。妃嬪の寝所を訪問中の皇帝に、お会いしたいなどと、正気ですか？」

押し問答をする時間が惜しい。路易にこの門番を羽交い締めにでもしてもらって、押し入ってしまおうかと悩んでいるうちに、後ろから予想外の加勢が現れた。

香麗を連れた貴妃が歩いてきたのだ。貴妃は真っ直ぐこちらへ来て、門番に言い放った。

「蔡主計官の言う通り、門を開けなさい。開けた責任をお前が問われたら、私が被るから心配無用よ」

狼狽しつつも門番は貴妃に従い、門扉を全開にする。私は門番を押し退ける勢いで中に入った。

玉砂利を蹴り上げ、正殿につながる階を駆け上がり、急に入ってきた私に目を丸くする女官達を無視し、李充容のいた部屋に向かう。

私と路易があまりにも無遠慮に足音を立てて正殿内部を走ったからか、部屋の中からは妃嬪や女官達が何事かと出てくる。李充容の向かいの部屋からも愛琳が首を出すが、声をかける暇が今はない。李充容の部屋の前には総管が控えており、彼は幽霊でも見たかのようにも目を丸くしてこちらを凝視し、駆け込んでくる私達を止めようと扉の前に立ちはだかった。

「誰かと思えば！　これはどういうことだ？　一体なぜ……」

「急いでいるんです！　教えてください、陛下は中にいらっしゃいますか？」

「いらっしゃるが、どうしたんだ？　陛下は皇子殿下とご一緒だ」

「ご無事ですか？　他に、誰が中にいますか？」

私達の後をつけてきた貴妃がここまで歩いてきたことに気づき、流石に総管も何かまずいことが起きているらしいと嗅ぎ取ったのか、部屋の前からどく。

扉の木材は非常に細かい透かし彫りがされているが、目をつけるようにして覗いても彫りが細かすぎて、中が見えない。だがすぐに扉の内側から皇帝の声がした。

「総管、何の騒ぎだ？」

急に扉が内側に開き、額を扉に押し付けていた私は支えを失ってつんのめり、皇帝の腹に頭を打ちつけてしまう。見間違いだと信じたかったが、私が頭突きした男性は黄色い衫を纏い、冕冠を被っており、どう見ても皇帝その人だ。地面に突っ伏して叩頭する。

「色々申し訳ございません！」

「蔡主計官ではないか。明日から出勤すると聞いていたが。それに貴妃まで万蘭宮に来るとは、何ごとか」

「陛下、帰着したばかりの二人が、血相を変えて城中を走り回って陛下をお探しだったのです。どうか話を聞いてやってくださいませ」

私の代わりに事情を説明したのは貴妃だった。強力な援護射撃に、ありがた過ぎて涙が出そうだ。

少しだけ顔を上げると、皇帝が腕に皇子を抱えているのが見える。新生児らしさは流石になくなり、ぽちゃぽちゃとした指が愛らしく、白い頬もふっくらしていた。私を見ているのか、あどけない瞳は不思議そうにこちらに向けられている。

皇帝の後ろに立っているのは小芳だ。皇子のおくるみなのか、銀色の織物を両手に持っている。部屋の隅に置かれた大きな灯籠の明かりに照らされ、艶かしく輝く織物に目を眇める。

――ずっと不思議だったことがある。

州府の人達は知らなかったのに、なぜ凱は私が後宮で黒猫と呼ばれていることを、知っていたのだろう。前方にいる小芳の絹のおくるみと、後方に立つ貴妃の存在が、ある記憶を呼び起こす。

あれはいつのことだったか、小芳は貴妃に目立つ簪など付けるな、と叱責されていた。

小芳は後で私達に自分の頭上の簪は絹製ではない、と説明していたが。

（でも、あの滑らかな質感は、麻でも葛でもなかった。柔らかなあの生地は、多分木綿だったんだわ）

綿製品はまだ白理では、蔡織物店でしか扱っていないはず。

小芳は、蔡織物店を知らない様子だった。もしや、小芳は海雲州の出身なのではないだろうか。

海雲州ならば木綿の簪も簡単に手に入る。女官候補は州単位で集められ、中央に送られる。凱の息の根のかかったあの州でなら、彼の意のままに動く者を紛れ込ませるのは簡単だったに違いない。

（万蘭宮で粥に唐小豆を入れて、李充容が食べた後、それを女官達と分ける前に温め直したのは、きっと小芳だ）

木の床についた手で、強く床を掴む。指先が白くなり、爪が床を引っ掻いてカリッと小さな音を立てた。

食わせ者は、小芳だったのだ。

もう一度顔を上げると、小芳は物音ひとつ立てず動いたのか、いつ間にかこちらに近づいていた。それも、皇帝のすぐ後ろに。

私は床から手を離して、ゆっくりと上半身を起こした。

「小芳さん。唐小豆の耳飾りは、羅凱さんからもらったんですよね？」

「――あの人のためなら、私は何でも出来るんです。……孤児だった私に、全てを授けてくださった旦那様のためなら！」

皇帝は小芳の異様な雰囲気に振り返ったが、どうすることもできなかった。腕に赤ん坊を抱いているのだから。小芳がおくるみをヒラリと落とし、中に隠れていた右手が露わになる。調理場から盗んできたのか右手に包丁を隠し持っていて、次の瞬間には、彼女は包丁を両手で振り上げていた。

総管が「陛下！」と叫び、私は無我夢中で皇子を皇帝の腕の中から奪った。同時に貴妃が皇帝に抱きつき、壁際に避けさせる。小芳が振り下ろした包丁は一度空を切り、再び振り上げられた。血走る目を皇帝と貴妃に向け、小芳が踏み出す。

そこへ総管が駆け込み、小芳に横から体ごとぶつかって、彼女を押し倒した。体当たりされて倒れた小芳の手から包丁が転がり出て、それを素早く路易が蹴り飛ばして遠ざける。

皇帝の無事を確認した私達は、誰もが一時的な戦慄の恐怖から脱した。

再び視線を小芳に戻すと、彼女はうつ伏せで床に転がったまま、自分の手を口元にやっている。

「だめ！　小芳さん！」

考えるより早く、体が動いていた。私は皇子を入り口横にあった座椅子に寝かせると、小芳の手首を掴んだ。既に何かを口に入れた後らしく、モゴモゴと口を動かしている。左手で顎を捉え、強引に口の中に右手を突っ込んで舌の上の物を掻き出す。

唾液と共に小芳の顎先を転がり落ちたのは、赤い破片だ。

「唐小豆を食べようとしたのね！　全部口から出して！」

私も必死だが、自死しようとする小芳の意志も確固たるものだった。私の指を嚙み切る勢いで口を閉じようとし、同時に首を左右に激しく振るものだから、本当に指が持っていかれそうだ。

床の上を暴れる小芳の腰の上に路易が座り、動きを止めようとするが、女性とはいえ全力で暴れるのを止めるには強烈な力が必要で、更に総管も彼女の太腿の上にのしかかり、加勢してくれた。

痛みに悶絶しつつも、小芳の舌の上に指を這わせ、口の中の異物をつまむ。少し口が開いた時を見逃さず、勢いよく掻き出す。

口内から異物を全て取り出すと、やっと手を口の中から抜く。

「ああっ、いったぁぁぁ……」

口の中に突っ込んでいた指の付け根まで、血が出て赤く斑らに染まっている。左手で右手首を押さえ、痛みに耐える。

「赤い耳飾りは、貴女(あなた)が付けるには派手だった。だから李充容にあげることで身近に置いて、すり潰して粥の鍋に入れたんじゃないですか？　保守派の官僚の令嬢である妃嬪を殺して同情を集めて、罪を改革派の貴妃に着せて失脚させることで、公主の嫁入りを潰せと、命じられたのでは？」

「旦那様は何も悪くありません。私が独断でやったことです」

部屋の中は、座椅子の上で転がる皇子の泣き声が響き渡っている。

騒ぎを聞きつけたのか、断りもなく部屋に入ってきたのは、愛琳だった。皇子の泣き声に居てもたってもいられなかったのだろう。彼女はわき目も振らずに皇子のもとへ向かい、彼を優しく抱き上げた。

愛琳は目を大きく見開き、信じられないといった様子で小芳を睨(ね)めつけた。私の発言が全て聞こえていたのか、彼女の目から涙がこぼれ落ちる。

「小芳さん。地面に油を撒(ま)いて、李充容を転ばせたのも、貴女ですか？　貴女なら滑りやすい箇所に容易に彼女を誘導できたでしょうね」

「あの時にちゃんと御子が流れていれば、李充容様の命まで狙う必要は、なかったんですよ。これは不可抗力なんです」

平然と私に答えた小芳に対し、愛琳が怒りに顔を顰めて、叫ぶ。

「何ですって！　もう一度言ってみなさいよ！」

「路易さんを庭園にある春和殿から突き落としたのも、小芳さんでしたか？」

気の毒な路易の事件を思い出して尋ねるが、小芳は黙っていた。沈黙はこの場合、肯定に等しいのではないか。

「許せないわ、小芳。李充容にあんなに良くしてもらっておいて」

「良くしてあげたのは私のほうです、安修媛様。貴女も李充容様も、私の立場からすれば、どちらも同じわがままなご令嬢が、皇帝の権力を使って主人になっているだけですもの。まるで、虎の威を借る狐のように」

「何ですって！」

愛琳は怒りで顔を赤くさせ、唇を震わせた。侮辱で声が出ない彼女に代わって、私が小芳に言う。

「貴女はどうして、羅凱さんのために人まで殺したんですか？」

「私には唯一無二の恩人なんです。私を救ってくれた旦那様のためなら、命も惜しくありません。いつかお役に立てるために、女の牢獄のような後宮で、旦那様と離れても耐えてきたんです」

そう言い切る小芳は、やり切ったと言いたげに満足感溢れる笑みを見せた。総管が「誰かおらぬか！」と叫び、わらわらとやって来た宦官達が、小芳の脇に手を入れ、彼女を抱え上げる。

「旦那様は、きっとまたこの私を褒めてくださるもの」

小芳の浮かべる恍惚とした笑みに、背筋がゾッとする。凱に褒めてもらう、その瞬間が彼女にとって一番の至福の時間なのだろうか。

小芳は俯くこともなく、背筋を真っ直ぐに伸ばしたまま、万蘭宮の外へと引き摺り出されて行った。

愛琳に優しく背中をさすられて、皇子はようやく泣き止んだ。彼の背中をさする手の動きがようやく止まると、愛琳は皇帝の前に立ち、深々と頭を下げた。

「陛下、お願いがございます。永熙皇子を私に育てさせてくださいませ。養子にお迎えしとうございます」

「そなたが？　なぜまだ若いそなたがそのような決心をする？」

「李充容は私にとって、姉のような存在でした。それにまだまだ未熟者ですが、皇子と共に陛下をお支えするため、この宮城で成長していきたいと思っております」

「……今すぐは結論が出せぬ。考えておこう。だが小芳はもう宮城に戻れぬから、一時的に乳母と一緒に、皇子は安修媛の部屋に移す」

皇帝は今の段階での明言を避けたが、部屋を移すということは、愛琳の希望を受け入れたも同然だ。

だがそこへ貴妃が口を挟む。

「陛下。永熙皇子については実は私も貴妃としての責務から、永秀宮に引き取りたいと思っておりました。この先、実母を亡くしては辛いことも多いでしょう。ですが私の立場ならば、義母として強力な後ろ盾となることができます」

皇子を抱く愛琳の表情が、急速に曇っていく。無理もない。安家が三大名家の一つとはいえ、貴妃が相手では勝ち目がない。

貴妃は頭の前で手を組み、珍しく深々と頭を下げた。

「ですが李充容も、遺していった皇子を私より安修媛に育ててもらう方が、嬉しいはずです。ですから私は諦めますので、代わりにどうか李充容に追贈をなさってはいただけませんか？」

李充容とは折り合いが悪かった貴妃のこの提案に、愛琳だけでなく皇帝も驚いていた。

目をぱちぱちと瞬き、確認するように貴妃に尋ねる。

「そなたは、李充容に……たとえば賢妃の位を追贈せよと？」

「陛下に感謝申し上げます」

貴妃が胸に手を当て、流れるような美しい所作で膝を折る。

本当はそれは、皇帝が自分からしたかった提案かもしれない。だが貴妃はそれを読み、皇帝に気を遣わせることなく、同じ結果が得られるように動いたのだ。

愛琳は貴妃の提案が予想外過ぎたのか、反応が少し遅れた。皇子を抱いたまま、急いで皇帝に頭を下げた後、貴妃に対しても深くお辞儀をした。

朱明門を抜け、後宮を出た私を待っていたのは柏尚書だった。

待っていてくれたことに驚き、万蘭宮で起きたことの顚末(てんまつ)を話そうとするも、目が合わない。柏尚書は私の包帯が巻かれた右手を凝視しているのだ。

私の怪我(けが)に驚いたのか、酷(ひど)く傷ついたように目が虚(うつ)ろになっているので、たいしたことはないと伝えるため、微笑を急ごしらえして説明をする。

「万蘭宮にいる陛下に会いに行きましたら、ちょっとしたいざこざがありまして。ちゃんと水で洗った後に医官に手当てをしてもらいましたので、ご心配なく」

柏尚書から返事はなかった。彼は無言で、怪我をしている方の私の手を取った。

「柏尚書？」

門番がすぐそばにいるので、恥ずかしい。だが柏尚書の手にはいつもより力が込められていて、なおかつ微かに震えている。

柏尚書が、思い詰めたような暗い声で言う。

「もう十分だ。君は期待以上のことを、ここでやってくれた。宮廷費を半分にするまで、待つ必要はない」

「えっ？　いきなりのお話で、ちょっと頭の中に入ってこないんですけど」

辺りはもう暗く、急いでいたので明かりを持っていないし、門に取り付けられた灯籠の光だけが頼りなので、もしかしたら気のせいかもしれない。でも、柏尚書が泣き出しそうな顔をしているように見える。

「ええと、柏尚書。何のお話でしたっけ？」

「主計官を辞めてくれて、構わない」

(なんですって……。聞き間違いじゃないわよね。これはつまり、私が主計官として採用されてから、ずっと待ち望んでいた言葉を言ってもらっているみたいだけど)

なぜだろう。思い描いていたような嬉しさを、感じられない。

「辞める場合は、柏尚書と……、その、結婚をすることになっているんですよね？」

念のため尋ねてみると、柏尚書が声を絞り出すように言う。

「……私と、結婚をしてくれなくていいから」

（えっ、そうなの……？）

柏尚書は相変わらず私の手を取っていたが、その台詞（せりふ）に私は唐突に突き放された気がした。

夜とはいえ気温は高いし、握られている手が熱い。それなのに、真冬の雪を押し当てられたみたいに胸が冷たくなり、体全体に広がっていく。

私は何とか口を動かし、言葉を発した。

「それは、私は主計官を首になるということですか……？」

「そうだ。蔡織物（おりもの）店でいきいきと働いていた君に、長いこと無理を言って申し訳なかった」

たしかに織物店で働くのが好きで、毎日売り上げ金の銭の音を聞く暮らしに、戻りたかった。けれどそれ以上に、主計官としての暮らしを手放すことはできない。なぜなら、愛琳や貴妃、皇帝といった本来は雲の上の人々と、二度と会えなくなることを意味するからだ。

何よりも。

（柏尚書と会えなくなってしまう。そんなのは、一番嫌だ）

私が金庫番でなくなってしまったら、柏尚書との接点もなくなる。皇城で仕事の話をすることだけでなく、仕事帰りに一緒に夕食を食べることも、きっと蔡織物店に来てくれることも。話す機会もなくなれば、顔すら見ることができなくなってしまう。

私達の時間の全部が、なくなるだろう。

(柏尚書が抜擢してくれた主計官を、出来ることなら早く辞めたいと思っていたなんて。この二年間、凄く贅沢な身の上だったっていうのに)

今更ながら、そのことに気がつくとは。

柏尚書の手から力が緩んでいき、私の手が離される。

「月花、もう無理をする必要はないんだ。私は君に……」

「そんなの、全然望んでないです」

今しかない。告白を迷っては、全てを失ってしまう。

柏尚書を引き止めなければ。その一心で、私は思い切って彼に抱きついた。

柏尚書の肩口の衣の生地を掴み、しがみつく。顔面に彼の広い胸が当たっているせいで、視界が皆無の状況だが私は必死に自分の気持ちを伝えようとした。

「本心を言えば、私が望むのは全部逆のことです」

頭上にきている柏尚書の表情は分からないし、彼は何も言わない。曖昧な言い方だったせいか、きっと彼に私の真意を話し切れていない。

自分の本当の気落ちを、残らず今言葉にしなければ。

「内務府の主計官を辞めるのも、柏尚書との結婚をやめるのも。どっちもやめたくありません。だって私は貧乏蔡家の守銭奴なので、今の給与を諦めたくないんです」

柏尚書は少しの間、黙っていた。背の高い彼に抱きつこうと一生懸命腕を伸ばしているのに、私の背には手を回してくれない。反応をもらえないその無言の時間が辛く、鼓動のたびに胸が痛む。

やがて柏尚書は首を傾け、私の耳元で言った。

「それで――、私との結婚をやめたくないのは、なぜ？」

胸を打つ心臓の動きが、一層激しく強くなる。人生最大の勇気を出さなければ、きっと一生後悔をする。

「なぜって……。だって、偉光さん、私は貴方のことが好きだからです」

柏尚書が、私を覗き込むように首を傾げる。

「本当に？　無理をさせていない？」

「本当の本当です。――今更離さないでください……」

柏尚書は長い溜め息をついた。そうして「ありがとう」と囁き、私を抱きしめ返してくれた。その腕の中にいられることが、たまらなく嬉しい。

しばらくそうして身を寄せ合い、あっと思い出す。

（しまった。門番達がすぐ後ろにいるんだった——。絶対、さっきからの私達の一部始終が目に入っているわよね……！）

恥ずかし過ぎる。

でも私を見下ろした柏尚書の笑顔がこの上なく幸せに満ちていたので、今だけはいいやと思えた。束の間、私もその場にまるで二人きりでいるような錯覚を覚えたのだ。

海雲州から白理に戻って、十日後。

右手の傷の痛みと格闘しながらも州府勤務の報告書を仕上げた私は、小芳を捕らえた夜以来、ようやく皇帝に会えることになった。

諸々の療養を含めて、報告書を書き終えるまでは登城を免除されていたため、私は久しぶりにいつもの黒い襦裙に袖を通した。

やはりこの襦裙が一番、着心地がいい。

嘉徳殿で私を待っていた皇帝は、長い机の上に肘をかけて椅子に座っていて、少し疲れた様子だった。私は休息と資料作成にゆっくり時間を充てられたものの、彼にとっては怒涛の十日間だったのだろう。

皇帝の理知的な目は相変わらず力強い光を帯びているが、頬が少し痩せたかもしれない。私達から少し離れて壁際に控える総管も、しばらく見ない間に細くなり、より一層歳を重ねてしまったように見える。

まずは十日の休養を与えられたことに礼を言ってから、皇帝に報告書を提出し、概要を説明する。

皇帝は既に柏尚書や路易から話を聞いていたのか、彼からの質問はほとんどなかった。代わりに、私が不在の十日に皇城で決まったことを、話してくれた。

「西加瑠王国の商館に放火したとして海雲州で捕まっていた男は、既に誤認逮捕が判明して、自由な身になっている」

「よかったです。ずっと気になっておりましたので」

玉蘭さんも、これで安心してくれたことだろう。彼女との約束を守れてよかった。

「羅凱は既に投獄されているが、残念ながら小芳が奴の指示で動いた証拠は、見つかっていない。鴉が運んだという通信文も、すぐに破棄されたのだろう」

「小芳は、凱をまだ庇っているのですか？」

「その通りだ。余程慕っているらしいな。だがそなたが小芳の口から取り出した唐小豆は、奴が関係している証拠になる。いずれにせよ、二人には重い刑罰が待っていることには変わりない」

一緒に過ごした日々を思い出すと、凱には憎めないところもあった。だが、李充容や生後すぐに母を失った皇子を思えば、彼のしたことは許せることではない。何よりいつも自分は直接手を汚していないことが、卑怯だと感じる。

「財産も没収することになった。資産の一部は烏南磁器製作所の立て直しに使う予定だ。柏尚書からの提言を受けて、近いうちに州立から正式に皇立製作所へと変わるだろう」

「今後はより輸出用の商品作りにも力を入れて、輸出先の食習慣や好みに合わせて形や色を工夫していけば、必ずや再び以前のような栄光を築いてくれるはずです」

皇帝は大きく頷き、柔らかく微笑んだ。

「そなたを派遣し、本当に良かった。何より、万蘭宮ではそなたのお陰で命拾いしたぞ。特別手当はもちろんのこと、他にも望むものがあれば何でも良いから、申してみよ」

「と、特別手当ですか……！」

降って湧いたご褒美に、ジーンと痺れる。とはいえ、急過ぎて他に望むものなど、別に思い浮かばない。

「他に望むものは、特にございません。それに私はただ、一官吏として任務を全うしただけですから」

慎み深く少し目を伏せ、謙虚にペコペコと頭を下げる。

「そなたは銭が好きでも、欲はないのだな。まぁ、時効はないからいつでも思いついたら余に申せ」

「陛下のご温情に、感謝申し上げます」

再び顔を上げると、少しの間どちらも何も話さなかった。この沈黙に、思った。

官吏に裏切られ、近くにいた女官に殺されそうになってもなお、皇帝は落ち着いていた。怒りを発露させ、或いは落ち込む姿を見せることもない。

皇帝がかつて一番愛し、心の支えにしていたであろう女性――淑妃は処分を受けてもう彼と会うことはない。最近目をかけていた李充容は、彼に痛手をくらわすためだけに毒殺されてしまった。

けれど皇帝はいつも冷静だ。

（本当は……私に対して、文句の一つや二つを、言いたいのではないかしら？）

そもそも私が後宮に来なければ、今頃淑妃は皇后になっていたかもしれない。だがそれは叶わなくなった。

女性として最も愛する人と、後宮で頂点に立って生き抜ける人は同じではない。愛情だけで皇后には出来ないし、愛しているならばこそ、その女性の性格によっては敢えて皇后に選ばない方が安全なのかもしれない。

私は時折、皇帝に「淑妃様は、今も陛下の心の中にいるんですか？」と尋ねてしまいたくなる。そしてその事態を導いた私を、恨んでいるか――と。

もし恨まれているなら。嫌だ。

同時に、皇帝に対する自分の気持ちに驚く。彼に満足してほしいし褒められたい、などという発想を自分が持つようになるとは。いつの間にか、私は皇帝を自分が仕える人として認識しているのだ。

皇帝は黙り込む私を不思議に思ったのか、報告書を机上に置いて私を覗き込んだ。

「どうした？　やはり何か褒美でも思いついたのか？」

「いいえ。気づけば自分がすっかり宮中の人々の思考に染まっていることに、驚いているだけです」

そこまで言ってから、私は思い出した。皇帝からもらった大事な物を、まだ肌身離さず持ったままなのだ。

「皇帝陛下。褒美というにはふさわしくないかもしれませんが……。僭越ながらひとつだけ、陛下にお願い申し上げたいことがございます」

「なんだ？　申してみよ」と皇帝が眉を上げて目を瞬く。私が何を言い出すのか心配になったのか、総管が私と皇帝の間で視線を往復させながら、こちらに数歩近づいてくる。

私は皇帝の正面に立ったまま、慎重に右膝を折った。左足で体を支え、右膝を床につく。すぐに左膝も床につけて、顔の前で手を組み、深々と頭を下げる。

言ってみるか、やめておくべきか。沈黙の間に迷ったものの、私は前者を選んだ。今が最善の機会だと思ったから。

「皇帝陛下にお願い申し上げます。この先……公主様が西加瑠王国に嫁がれる際は、どうか同行者として――路易をお選びくださいませ」

言い切ったものの、返事はない。

視線の先にある自分の組んだ手が、微かに震えていく。私が口を挟むようなことではないのだ。長過ぎる無言の間に、自分が皇帝の気分を害したのだと悟る。

慌てた足取りで総管が更に私達との距離を埋め、上擦った声を上げる。

「こ、これ蔡主計官。何を申すのだ。差し出がましいことを口にするんじゃない。今すぐ撤回して、心からお詫びするのだ！」

私は組んだ手を解き、腰からぶら下げた布袋をまさぐり、中身を取り出した。

折り畳まれた玉冊は、ぐるぐる巻きにされた紐で閉じられている。そしてその紐は、溶接された黄金の留め金で封じられていた。玉冊を握る左手にグッと力を籠め、気合を入れる。

残る右手で輝く留め金を摑み、力一杯引き抜く。

カラン、と金属音が響き、留め金が床に転がった。玉冊の中央に五周に巻かれた閉じ紐を指先で解き、蛇腹に畳まれたそれを一気に開く。

私はついに開いた玉冊を、皇帝が読みやすいように、彼の前に真っ直ぐに広げて掲げた。

「開封とともに、謹んでお返し致します」

ドスン、という重たい音に驚いて視線を上げると、総管が腰を抜かして床に座り込んでいた。顔を蠟のように白くさせ、開けた口をワナワナと震わせて、私が掲げる玉冊を食い入るように見ている。私は余程彼の、予想外のことをしてしまったらしい。

あまりにも皇帝が黙っているので、顔を上げて反応を確認する。

皇帝はもう怒ってはいなかった。彼は毒けを抜かれたように、珍しく口を半開きにして瞠目していた。心底啞然としたのか、眉間を一度押さえて目を固く閉じ、再び開く。

「……そなたの一体どこが、宮中の思考に染まっているのだ。微塵も染まっていないではないか。──まさか玉冊を、よりによって余に向かって使うとはな。夢にも思わなかった」

流石に何が書かれているのか気になり、手を下げて玉冊を裏返して自分の方に向ける。

朱色で押された玉璽と共に刻まれた文面は、非常に簡潔であった。

『この者の言葉は、大雅国天子の命令に等しい。万事言う通りにせよ』

両手で玉冊を持ったまま、考える。

(ええとつまり。私は皇帝に向かって、皇帝の命令をしたということ？　もう少しやんわりとしたことが……例えば国のために動いているから尊重しなさい、みたいなことが書かれていると思ったのに！)

恐る恐る再度視線を上げると、皇帝は私をじっと見てから厳かに言った。

「いいだろう。余が余を、否定するわけにはいかぬ。西加瑠王国への同行者には、路易を選ぶことにしよう」

床に打ち付ける勢いで、頭を下げる。

「重ねてお礼申し上げます。ありがとうございます！」

皇帝は数回頷いた後で、いまだ尻餅をついている総管に視線を投げた。

「いつまでそうして座りこけている」

弾かれたように総管がびくりと震え、慌てて立ち上がる。

私は持っている玉冊を丁寧に畳み直し、皇帝の机の上に置いてそれを返した。


翌日、後宮の内務府出張所に出勤した私は、永秀宮に呼ばれた。正殿の窓や格子戸は全て開け放たれ、夏の終わりの心地よい風が吹いている。

椅子に座る貴妃が誰といるのかを知り、一瞬私は見間違いをしたかと思った。目を丸くしている私に悪戯っぽい視線を寄越し、愛琳が笑う。

「どうしてここに、って顔をしているわね。私が永秀宮を訪ねるなんて、珍しい?」

奥の部屋には長椅子に敷布がたくさん掛けられ、皇子が横になっていた。すぐ近くに公主が膝をつき、至極嬉しそうに覗き込んでいる。着ている薄紅色の襦裙と同じくらい顔を上気させ、皇子の小さな手を握ったり、饅頭のようにふっくらした頬をつついている。

「ねぇ、お母様。今晩私、この子と一緒に寝たいわ。泊まってもらっていいでしょう?」

近くにいた香麗が、思わず顔を綻ばせる。

貴妃は優しい笑顔を浮かべ、首を左右に振った。

「また今度、遊びに来ていただきましょう。皇子はもうすぐお乳の時間なのよ。指を口元にやっているでしょう？　お腹が空いているのよ。万蘭宮の乳母の下に、そろそろ返さねばね」

「だって可愛いんだもの」と公主が愛らしく唇を尖らせる。

愛琳は手にしていた茶杯を円卓の上に置き、披帛を整えながら立ち上がった。貴妃の方を向き、静々と頭を下げる。

「貴妃様、それではお暇致しますわ。また皇子を連れて参ります。――公主様も、また皇子と遊んでくださいませ」

「私も公主も、いつでも大歓迎よ。貴女の持って来てくれた麻花、とても美味しかったわ」

最近は李充容を挟んでずっと仲違いしていた二人だけれど、どうやら永熙皇子を巡って雪解けを迎えたらしい。

女官と皇子を連れて、愛琳が正殿を出ていく。

その後ろ姿を横目に追いながら、私は貴妃に挨拶をした。

香麗が貴妃の茶杯に茶を注ぎ、貴妃が蓋をずらして香りを楽しむ。

「海雲州でも大活躍だったらしいわね。珍しく柏尚書と大暴れして、州刺史の家も壊したとか」

「大暴れ……。矛を振り回した男から逃げただけなのですが。ただ、李充容様の死の真実を突き止められて、本当に良かったです」

貴妃は皇子がさっきまで寝ていた長椅子を見て、呟いた。

「李充容は、本当に気の毒だったわね……」

軽く目を伏せ、震える息を吐き出す。

再び目を開けると、貴妃は気のせいか自嘲気味に口を歪めた。

「淑妃に、李充容に。……お前ももう、陛下がお好きな女性の傾向が分かったでしょう？ 陛下は、控え目で儚げなところがある女性を好まれるの」

貴妃は茶杯を円卓に置き、大きく開けられた窓の外を見た。鮮やかな紅を差した口元は微笑んでいるが、長い睫毛が作る影が、どこか悲しげだ。

「私は陛下にとって、単なる戦友なのよ」

たしかに、貴妃は控え目ではないし、儚げとはむしろ対極にいるような女性だ。本人も自覚があるらしい。

胸を痛めているだろう貴妃に「そんなことはありません」と言ってあげるべきか、迷った。でも私が最近気づいた皇帝の女性の好みなど、長く共にいる貴妃はきっとはるか昔に気づいてしまったのだろうだから、上辺だけの慰めや世辞には、意味がないし虚しいだけに思える。

風に乗って、どこからか百合の香りが漂う。甘く華やかな香りの出所はどこだろうと首を巡らせると、外では無垢な白い花弁が風に揺れている。

皇帝が好む女性が金木犀だとすれば、貴妃は山茶花のようだ。

他の花があまり咲かない冬に咲いて強さを感じさせる、鮮やかな赤い花。

「貴妃様は、陛下と最期まで一緒にいらっしゃることでしょう。そこは陛下のご記憶の中に最も濃く残り、一番影響を与えられる、唯一無二の場所です。長い人生のほんのひと時温情を受けられることに、何の意味がありましょうか。貴妃様は永遠に隣にいらっしゃることができるのに。例えば、三途の川を渡るその瞬間に愛しくも懐かしい存在として、深くも短い時間だけ思い出されることに、貴妃様は満足されますか？」

すると貴妃は大きな目をハッと見開いた。ゆっくりと私を振り向き、目が合うなり鮮やかに笑う。

「しないわね。お前は私の性格を、よく分かっているじゃないの」

貴妃に海雲州での出来事をかいつまんで話し終えた私は、退室して正殿の階を降りた。

永秀宮を後にしようと門へ向かう私を呼び止めたのは、別殿から出て来た路易だった。

手にしていた箒(ほうき)を放り出し、私の前まで駆けてくる。

「蔡主計官、お待ちください。貴妃様からお聞きしたのですが……、公主様が嫁がれる時に、私を西加瑠王国に同行させるよう、陛下に進言してくださったというのは、本当ですか？」

「ああ、もう知っているんですね。そうなんです。言ってみるものですね。ちょっとドキドキしましたけど、無事陛下にご了承いただけました」

「ですが……、公主様のご結婚について注文をつけたりされて、陛下からお叱りを受けませんでしたか？」

「あはは。そうなんですよ。最初はちょっと危ない雰囲気でしたけど、私には一発大逆転の秘密兵器があったので、大丈夫でした！」

「と、いうと……？」

私の話が読めず、路易が目を泳がせる。

「海雲州に向けて出発する前に、私が陛下からもらった玉冊ですよ！　あれをババーンとお見せして、万事滞りなく済みました」

「ま、まさか、玉冊を陛下に対してお見せして、従わせたのですか？」

「はい。そんな感じになってしまいました。海雲州で無駄遣いしなくて、本当に良かったですよ！」

わずかな間の沈黙の後、路易が「ハハハハッ」と大笑いした。一旦息継ぎをしてから、再び腹を抱えて笑っている。それに釣られて私も声を立てて笑ってしまう。

（ああ、そうか。路易さんも、こんなに楽しそうに笑うんだ……）

こんな風に開けっぴろげに、心の底から楽しそうな笑顔を見せてくれるのは、初めてかもしれない。

笑いの波が去ると、路易が目尻の涙を人差し指で拭ってから言う。

「貴女にはいつも驚かされます。玉冊を、よりによって私のために使ってくださるなんて」

「せっかく玉冊をもらったんだから、開けずに陛下にお返しするのは勿体(もったい)ないでしょう？　喜んでいただけたなら、本望です」

えへへと笑って見せるが、路易はなぜか碧色(あおいろ)の瞳をこちらに向けたまま、何も言わない。

「あれっ、もしかして余計なお世話でしたか？　勝手なことしてすみません」

結果よければ全てよし、と思った自分の早合点(はやがてん)だったかもしれない。もしや路易は、もう西に帰りたい、とは思っていないのかもしれない。

だとすれば、私は大変余計なことをしたことになる。まずいなと焦る私の前で、路易が急にしゃがんだ——いや、正確に言えば、片膝を立てて残る膝を地面についた。誰か妃嬪が来たので膝をついたのかしらと背後を振り返るも、誰もいない。

「路易さん？」

こちらも腰を屈めて路易と視線を合わせようとする寸前、彼は手を伸ばして私の右手を掬い上げるように取った。なんだろうとじっとしている私の手の甲に、彼が口元を寄せる。

（こ、これは何をしているの……？）

路易は変わったことをしていた。私の手の甲に唇を軽く当て、ゆっくりと離したのだ。

玻璃のように澄んだ瞳が、戸惑う私を映している。路易が遠慮がちに言う。

「失礼しました。私の国では、敬愛する女性に対してこうして礼を取るのです」

「路易さんの国というと……波朱蘭王国のことですか？」

「はい。私の生まれた国です。このご恩は、決して忘れません」

「恩だなんて、大袈裟ですよ。でも、そうですね。今後、路易さんが遠い西加瑠王国に行ってしまって——、もしかしたら二度と会えない距離に離れてしまっても、私が路易さんの記憶の中に残れるとしたら、それ以上嬉しいことはありません」

「もちろんです。ずっと覚えていると、断言できます」

私は路易の肘を摑み、彼を立たせた。

「とっても光栄です。私も波朱蘭王国の路易さんを、忘れませんよ」

「ありがとうございます」

路易は碧色の目を細め、輝くような笑顔を見せた。無邪気さと、ほんの少しの照れを含んでいて。それは私が今まで目にした彼の表情の中で、最も人間味溢れるものだった。

その日、仕事を終えて門をくぐった私は「うわっ」と短く叫んでしまった。

皇城を出たところに、柏尚書が立っていたのだ。外壁に寄りかかるようにして。彼は私に気づくなり、ひょいと右手を上げた。

「十日ぶりだね。こうして君を待つのは、いつ以来かな」

柏尚書が帰路につく私を待ち伏せしている展開は、何度か経験済みである。

いつも驚くのは同じだが、今日はっきり違うのは、予期せず会えてふわふわと舞うような浮かれた自分の胸の内である。

「今日から出仕しているんです。怪我もすっかり良くなりまして」

柏尚書は私の右手をそっと取り、傷の状態を確認した。包帯は取れたものの、まだ痣がまばらに残り、瘡蓋（かさぶた）だらけだ。決して綺麗とは言えない状態なのに、凝視されるのは、恥ずかしい。離してもらおうと引いてみるが、私の力と比例して彼の手にも力が入り、手を抜けない。

その上、傷痕を確かめているのか、柏尚書が親指を私の手の甲に滑らせてくるので、くすぐったくて力が抜けていく。

「順調に回復していて、よかった。痕が残らなければいいが……」

「たしかに、手っていつも出してますし、結構目立つからか、包帯を外した後の方が人にジロジロ見られるんですよねぇ」

柏尚書は一層神妙な顔つきになり、両手で私の手を握った。

（いやいや、軽く愚痴を言ってみただけだから。そんなに深刻に受け止めてくれなくてもいいんだけど……）

漆黒の瞳がひたと私に向けられる。

「責任は、きちんと私が取る」

「いえいえ、責任ってほどでも」

「一生かけて、君を守っていくと誓う」

「そんなに思い詰めないでください。医官が言うには、一月もすれば全快するそうですので」

「私のせいで、これまで何度も危険な目に遭わせてしまった。今後は二度と主計官を、内務府の外に出させたりはしない」

「そんな、大袈裟な」

心配し過ぎだとは思うものの、悪い気はしない。

今までも首を絞められそうになったり、細工のされた香炉を贈られたり、いろんな危機があったけれど、海雲州では柏尚書の目の前で大男に串刺しにされかけたので、流石に今回ばかりは鬼の仕事人もこたえるものがあったのだろう。

柏尚書はやっと私の手を離すと、急に自分の右袖を捲り上げ、二の腕を私の前に掲げた。その状態で右手の拳を握り、左手で二の腕の筋肉を軽く叩く。

はっきり分かるほど露骨に隆起したその筋肉に、目を瞠る。

「な、何ですかソレ……。す、すご……」

「何があっても君を守れるよう、最近は今まで以上に鍛錬をしているんだ」

「馬車が飛んできても、素手で止められそうですね」

「もちろんだ。止めてみせよう」

褒めたつもりではないのだが、柏尚書は嬉しそうに微笑んだ。街路樹からぶら下がる赤い灯籠の明かりが彼の顔に落ち、神々しいまでに見栄えする。神仙達の姿絵のように美しく、目眩を覚えるほどだ。

(でも、どうしよう。柏尚書、すっごく馬鹿なことを言っちゃってるし、しちゃってる……)

「祖父の残した剣技の書物も、改めて読み直しているところだ」

いいのだろうか。戸部尚書にはいらなそうな技術だけれど。

(早まったかな。やっぱり、結婚の話はもう一度考え直した方が良かったかしら!?)

柏尚書は私を引き寄せ、強く抱き締めた。

柏尚書が衣に焚き染めた香の香りがフワリと舞い、身長差に私の片足が浮く。

「――だから、早く君を……柏家に迎えたい」

(そうか。分かったぞ。やっと柏尚書のことが、分かった気がする)

柏偉光は何でも出来るし、持っている。そのくせ、彼には一つだけ、弱点がある。

私という、弱点が。

地面に辛うじてついている右足から力を抜き、全面的に柏尚書に身を委ねる。思い切って信頼してみれば、彼の腕の中は居心地が大変良い。

「柏尚書の熱くて重いお気持ちは、十分分かりました。でも私も結構、重たいかもしれませんよ？」

「その重さを一生、背負わせてほしい」

言い終えた柏尚書が、私の耳に唇を寄せ、優しく押し付ける。背筋が痺れるような恥ずかしさと快感に、反射的に仰け反ってしまい、柏尚書が拘束を解く。

ふらつく足で地面を踏み締め、柏尚書の腕の温もりが離れたことを、寂しく思う。

柏尚書は首を傾けて私を覗き込んだ。

「ところで、この後なんだが……」

一転して明るい声の調子に、赤面して俯いていた私は、ハッと顔を上げる。

私ももう、いい加減柏尚書の待ち伏せの後には、何が起きるのかを学んでいた。彼のこの後の予定を読み切った私は、ニヤリと笑った。

「なるほど。分かりましたよ。さては今夜、柏尚書は私の父に蔡家での夕食に招待されているんですよね？」

予想に反し、柏尚書は首を左右に振ってからとても爽やかに微笑んだ。仕事での鬼戸部尚書ぶりや、私生活での強引な一面を一瞬にして吹き飛ばしてしまうような、優しい微笑を。

柏尚書は甘く耳あたりのいい重低音で、言った。

「残念ながら、違うな。実は叔父の屋敷(やしき)に、君と夕食に招待されていてね。叔父夫妻が婚約者を連れて来いと、なかなかうるさいんだ」

婚約者、という単語に訂正を入れる私は、もういない。

「柏尚書の叔父夫妻、と仰(おっしゃ)いますと。もしやいつぞや私の後をつけて来られた、あのお茶目な叔母様ですか？」

「その通りだよ。怖がらせてしまったお詫(わ)びがしたいと、今夜は張り切っているんだ。

──来てくれる？」

「もちろんです。喜んで！」

私達はごく自然に手を繋(つな)いだ。

一緒に歩いていこう。

白理の大通りを照らす、灯籠の明かりの下を歩いて。切ない夕陽(ゆうひ)を浴びて、確かな温もりの伝わる手を握りながら。

私の瞳の色を、誇らしく感じさせてくれるこの人と共にいられる喜びで、足取りを弾ませて。

あとがき

こんにちは。十ヶ月ぶりに黒猫金庫番をお届け致しました。

突然ですが私は最近、葱抓餅（ツォンジュアピン）にハマっています。刻んだ小葱（こねぎ）を練り込んだ生地を、薄いパイのような層にしてパリパリに焼いたものです。私は執筆中にハマっているものを小説の中に登場させることが多いのですが、冒頭のシーンで月花（げっか）が焼いているのが、葱抓餅の親戚（?）の葱油餅（ツォンヨウピン）です。後者の場合は、層を作らないで焼くのだとか。

葱抓餅はここ数年で急速にファンを増やしたのか、輸入食品店やスーパーを始めとして、結構あちこちの冷凍食品コーナーで売られています。簡単に作れて美味（おい）しく、食べると中華世界にいる気分になれます。最高にコスパの良（い）い、安近短な妄想旅行ができますので、皆様も是非お試しください。

さて今回、月花は都から離れて、遠い州府で働くことになります。

何年か前に、後宮のお妃様が主人公の小説を書きかけたことがあるのですが、基本的に妃嬪達は滅多に外に出られないので、行動範囲が異様に狭くなります。これには困りました。

登場人物達が自由に動けないストレスが大きく、鬱屈とした気持ちになったものでした。昔、後宮が存在した時代に実際に中に住んでいた人々のストレスたるや、さぞ大きかったことでしょう。今はたとえどこかにお籠りをしていたとしても、テレビのニュースを見れば世間では何が起きているのかを知ることができますし、スマホをいじるだけで外とつながることができます。ですが昔はそんな手段がなかった訳ですから……。想像するだけで、リアル鳥籠です！

この時の反動から、「黒猫金庫番」の月花には自由に移動できる官吏になってもらったのですが、今作ではそのどこにでも行ける強みを最大限活かしました。結果、作中で月花は都から遠く離れた海雲州に、左遷されてしまいます。

実は当初、調子に乗って月花を遠方に飛ばし過ぎまして、編集担当様に初めて提出した三巻の原稿では、月花は海雲州に行く前に、烏南州の出張にも行かされていました。結局、お話のメインになるはずの海雲州の出張が遅くなるとの編集担当様の鋭いアドバイスのもと、烏南州へ行くのは柏尚書だけに落ち着きました。

初めての原稿提出後、編集担当様から烏南州のエピソードはなくてもいいかもしれない、というご助言をいただいた時。私の脳内にはピシャ——ン、と雷が落ちました。なぜなら、私も薄らそんな気がしながら、最後までとりあえず駆け抜けてみたからです。執筆中、「なんか、ややこしいな。月花、忙しいな。もしや、烏南州にはいっそ、行かなくても……」と四十%くらいの自分が首を捻っていました。六十%くらいの自分は、いやいや突っ走っていこうぜと猪突猛進しておりました。

書き手が混乱していれば、当然読まれる方はもっと混乱するわけで……。

このような経緯がございまして、月花にとっては、幻の烏南州出張となりました。挙句に月花は作中、「柏尚書が出張に行くことを、前もって教えてくれなかった」とショックを受けたりもします。

月花が海雲州府での仕事に集中できて、作者としては気分爽快、大変すっきり致しました。この紆余曲折が、今作の誕生に際して、作者にはちょっと思い出に残る笑える体験だったので、皆様にお伝えしたくなりあとがきに書き残させていただきました。

さて、本書を最後まで既に読んでくださった方は、もう気がつかれたと思いますが、今回の密かな主役は路易でもあります。

岡達の他の小説を読まれたことがある方は、ひょっとするとお見通しかもしれません。

そうです、私は儚げな不憫系男子が大好きなんです。

中華風の後宮を描く場合、中華ドラマや歴史がお好きな方々には、きっと宦官という存在がいないと物足りないのではないかと思います。ということで以前から執筆のために、色々と宦官について本を借りたり買ったりしていたのですが、現代の感覚からしますと、彼らの処遇や生活自体がかなり不憫に感じられます。もちろん作品中では相当美化して日常を描いていますが。そんな特殊な彼らの立場に、更に「遠くから連れてこられて、容姿も全然違う」という要素が加わり、路易は作中にて不動のキング・オブ・不憫の立場を確立してくれました。最早二巻からは、一人で不憫男子選手権を開催している状態です。

もちろん、そのままでは辛すぎます。努力や真摯に生きる姿勢は報われなくては！　ということで、今回は彼にも今後に光が見える展開になっています。

読者様からいただくお手紙の中で、意外にも好感度が高いのは貴妃だったりします。一巻では月花に茶を三度もぶっかけた物騒な女性でしたが、女社会で恐怖政治を敷くただの危険人物ではなかったようで、安心しております。

そしていつもお話を掻き乱してくれる、少々幼いところのあった愛琳ですが、ラストでついに母になりました。立場の変化は時として人を成長させるきっかけにもなりますので、きっと彼女も内面外面共に後宮の中で変わっていってくれることでしょう。

大変幸運にも「後宮の黒猫金庫番」はコミカライズしていただいているのですが、コミック版の愛琳が私は大好きです。「なるほど、愛琳はこういう容姿だったんだ！」とハッとさせられ、以後小説の中で愛琳が登場する時も、脳内は完全にコミック版の愛琳が話したり動いたりしています。

いつもコミック版の柏尚書に、月花と一緒になってドキドキしておりますので、皆様にもぜひご覧いただければ幸いです。

それではここからは謝辞を。

数ある書籍の中から、本書をお手に取ってくださった皆様。もしかしたら初めましての方もいらっしゃるかもしれませんが、きっと一巻、二巻を読んで下さった方々が圧倒的に多いのではないかと思います。ここまでお付き合いいただき、そしていつも応援いただき、本当にありがとうございます。

本書は私の十三冊目の小説となりますが、三巻目を世に出していただけるのは初めてのことでして、とても嬉しいです。お陰様で月花と柏尚書の恋愛も、落ち着くところに落ち着きました。

そして、今回も透明感溢れる美しい装画を描いてくださった、櫻木けい様。路易の後ろ姿、そしてグッと近づいた月花と柏尚書を見ることができ、歓喜しております。

今作も月花達を導いて下さった編集担当様。最初の本の出版から七年目にして、月花達を通して数々の「初めての景色」を見せていただき、感謝に堪えません。

お話を書いてから読者様の手に届くまでには、たくさんの方々にお世話になっております。皆様に、お礼申し上げます。ありがとうございました。

最後に、もしもいつか葱抓餅を食べた皆様が、「そういえば、黒猫金庫番の月花も似たようなのを食べていたな」と本書を思い出してくださることがあったら……！　そうなれば作者としましては、とても嬉しい限りです。

それでは、またどこかで皆様にお会いできることを願って。

岡達　英茉（えま）

富士見Ｌ文庫

後宮の黒猫金庫番 三

岡達英茉

2024年６月15日　初版発行

発行者　山下直久
発　行　株式会社 KADOKAWA
〒102-8177　東京都千代田区富士見2-13-3
電話　0570-002-301（ナビダイヤル）

印刷所　株式会社暁印刷
製本所　本間製本株式会社
装丁者　西村弘美

定価はカバーに表示してあります。

●お問い合わせ
https://www.kadokawa.co.jp/（「お問い合わせ」へお進みください）
※内容によっては、お答えできない場合があります。
※サポートは日本国内のみとさせていただきます。
※ Japanese text only

ISBN 978-4-04-075442-0 C0193